imaginist

想象另一种可能

理
想
国

imaginist

影像杂谈

陈丹青 著

四川人民出版社

李振盛先生走了。十多年前我有幸在飞机上认识他，俩人爬出座位，站在过道上聊天。我非常喜欢他，幽默，豪爽，精力过人。至今记得他说到早年摄影的细节，但愿以后有机会写出来。

影像与时间

陈丹青

大约 2002 年，上海杂志《艺术世界》编辑余雷庆女士要我谈谈摄影，我就写了随笺，单讲纽约小画廊看到的一枚老照片：有位中国士兵倒在泥浆里，满脸血污，不知死活。

那是我头一回贸然议论摄影。此后十来年，余编辑和其他朋友陆续约我谈摄影，我都轻率地写了，分别收入自己的集册，现在依从理想国的建议，集拢为这本书。

当我写头几篇摄影随笔时，还在用胶卷，然后跑去洗印铺，翌日取回照片。如今想来，那像是远古的记忆。此刻我捏着带有三镜头的 iphone，随手拍摄，随时从图库的数千枚照片中选择发送，或点击删除，像扔个烟蒂那样。

现在偶尔遇见举着摄影机的家伙——虽然机子里并没胶卷——我像是目击摄影的前世。胶片摄影，无疑成为古董了。

摄影史的伟大摄影家们，也成了古人。古人拍得多好啊，尤其是黑白照片。人类再不会有另一个委拉斯凯兹、另一个塞尚，也不会有柯特兹与布列松。真的，再不会了。

如今人们拍照，是为私人间发过来、发过去。一个无限民主的图像时代，摄影的功能和价值因此被改变了什么，我不知道。好在今人拍成的数码照片都会成为古人和古董：垃圾般的古董，古董般的垃圾。

谈论摄影可能是徒劳的。摄影不与言辞合作。过去几年，我有幸两度受邀参与阮义忠先生的奖项评议，与近乎伟大的——所以是“古典”的——当代摄影人吕楠坐在一起。我发现所有本土参赛者仍抱着“古代”的妄想，试图用数码相机拍出“古典”作品。评奖总是很难，并非谁更好，谁不及，而是，没人知道照片若干年后的命运，因为“时间”并未参与评奖。

此即摄影的命运。倘若后人愿意看看今时的哪张照片，恐怕是为了照片历经的“时间”。

手机使拍照变得太容易，“摄影”，却更难了——倘若摄影人依然渴望照片成为作品——在这个新媒介驱逐老媒介的时代，摄影的同义词是“转发”，每个手机等于小小的出版社、通讯社，而“摄影”“作品”“出版”“通讯”等，恐怕都成了

“古典”词语了。

今年六月，李振盛先生去世了，我有幸认识他，一个达观的老人。当然，他是“古典”摄影家，虽然晚年也用数码拍照，但他曾将早年扣留的“时间”藏起来。他在等候出版吗？在他隐匿胶片的年代，根本望不到出版的可能，所以他耐心等待“时间”。他等到了。

但时间不过问摄影。而一切摄影与时间难解难分。眼下，我们只管时时刻刻拍照，时时刻刻转发吧。

2020 年 6 月 26 日写在乌镇

目　录

罗塞特作品《垂死的中国士兵》，摄于一九四五年。

影像与中国

读罗塞特中国战争摄影有感

寒假回美省亲，不免又去大都会艺术博物馆走走。出馆经过麦迪逊大道，这里是纽约老字号上流商店与画廊区，时装铺即便一双皮鞋，动辄上千美元。我且看且走，无意间留心归国两年来纽约时装又在作兴什么新花样，忽然，就在一所公馆向着街面的石壁方龛间，撞见照片中这位坐倒在战壕里的中国兵，血流满面，奄奄一息，黑白照片的陈旧黑白指明拍摄的年代是在“二战”期间。

立定细读：摄影者巴尼·罗塞特，公馆二楼正在展出他题为“战争中的中国，(1944—1945)”摄影展。展室小，钢窗，细木地板，这样老派的帝国时代的楼居，上海有的是，如今

注　这篇文章曾收入《退步集》（广西师范大学出版社，2005年）。

被不少商家辟作豪华餐厅，谁会用来作摄影画廊呢，而且挂的是陈旧的黑白照片。框是装得贵极了，考究到不觉其考究，一位自称匈牙利籍的画廊主人，中年，好相貌，从里间走来陪我观看四壁近三十幅摄影作品——我已写到过，纽约的画廊通常空无一人——他说，罗塞特还活着，这批照片从未展出，今次是他的首展，半数作品经已售出。

这就是纽约的不可思议：我又在曼哈顿遭遇中国，中国的中南——稻田、山丘、赤脚农夫、士兵的尸体……同在麦迪逊大道，过去十数年我在好几家摄影画廊见过安德烈·柯特兹、卡蒂埃–布勒松、罗伯特·卡帕的原版照片，陈旧泛黄，拍的是“一战”“二战”的战况，都是摄影史名篇，有的原件极小，大约也就120胶卷原寸大小吧，标价两万美元——“Beautiful！ Beautiful！”观众喃喃低语，照片上也是血污狼藉，欧洲人的尸体。罗塞特这批照片悉数注明他所拍摄的是受伤的“国军”士兵，正面跌坐的这位垂死的抗日英雄，一副好相貌，他的性命后来究竟如何？……而那位贵阳妇女身后被炸毁的家园，六十年来一定几度面目全非，现在恐怕早在原址盖起贴满瓷片的新楼，说不定还是卡拉OK厅。

但我要写的不是这些。

柯特兹没来过中国。布勒松、卡帕留下的中国影像，则我身边各有专辑，视为珍藏。卡帕来，时值抗战爆发，他抢拍的镜头是空袭间张皇聚拢仰看天空的武汉市井，轰炸后的小民徒然以盆水浇灭火焰，中原船夫奋力摇橹载送“国军”官兵渡黄河……有一幅难得一见的照片，极之传神，是宁汉分裂时期的周恩来，年纪轻轻，穿一身皱巴巴的中山装，紧靠门边，表情坚毅而峻急，显然与哪位国民党同僚正在谈判僵持的片刻——张国焘回忆第一次国共合作破裂，未经整肃的共产党员自武汉仓促撤离，是周恩来独自安排粗细事宜——我料卡帕不懂中文，但镜头看破一切，尤当照相机是在卡帕手里。端详久之，在这幅照片中，周恩来不是谈笑风生的宰相，只见他面容憔悴，那峻急的神情令我想起近年公布的官方“文革”纪录片镜头：总理给红卫兵团团围住，唇焦舌敝，劝说众人……

布勒松。关心摄影的中国朋友想必注意过他在一九四八到一九四九年之际于京沪两地拍摄的那批经典。这位法国“鬼佬”眼中逼人的中国气息怎会如此准确？在国民党士兵队列前一位不知从何而来的北京老人（相貌憨厚，神情悲酸，活脱于是之扮演的茶馆老板），还有那位刚刚占领上海而不得闯入民居，独坐在洋房夹隙埋头整理军衣的解放军战士（以他的资历，日后至少是哪家工厂的支部书记）……每一幅都是布勒松式的构图，每一幅都是中国历史，这中国的历史，竟在法国人摄影作品中直见性命。

马克·吕布也是法国人，马格南摄影学会老将，印象最深的两幅，其一是街头那位身披斗篷的中年民国女子，抹着口红，走在解放后的马路上，大约二十世纪五十年代吧，沧海遗珠，这样的角色，“文革”前的上海街头偶或还能见到。另一幅是水库工地，人如麻，前景那位破衣烂衫的小伙子，戴副眼镜，很可能就是当年新出炉的“右派”分子，二十多岁。

在中国摄影的大多数影像中，“中国”并不可信，并不可看，我们的电影、绘画亦复如此。为什么西方人看中国看得比我们真切无碍？都说镜头是顶顶客观的，但愿如此。我们都会拍照片，我们懂得“观看”吗？安忆同志几次感慨，说是文学的翻译怎样词不达意，还是你们画画的好，没有翻译的问题，她的论据，自然是“视觉艺术”等于“世界语言”，一看就“懂”——苦哉！我每欲分辩，终于默然。罗塞特作品所目击的惨烈（惨烈得竟有几分亲切，仿佛我认识这位小伙子，这幅照片的双重时态，又是巴特有言在先：“他已死去，他将死去。”），我就不曾在中国同期的战争摄影中见过，他是随军记者，我们也有随军记者，都长着眼睛。老革命摄影家徐肖冰倒是拍过一幅暴尸战壕的阵亡八路军战士，近距离，只是头部，死之已久，满头满脸的浓血，凝固纠结，浑如泥浆。对了，我们不允许发表这样的照片，最近才得面世，收在徐氏的摄影专集中，真实是绝对真实，一看就“懂”，而且心惊——只是不“美”，犹如刑事档案记录，算不得摄影艺术、艺术摄影。罗塞特的作品于血污之外堪称“Beautiful！”是的，美，

《上海，一九四九年》，卡蒂埃-布勒松。其时上海刚刚解放，这位解放军步哨街头站岗，年轻英俊，征战初歇，尚不惯于上海大都市。

不必“翻译”，当年他在战壕里猛见得这位中弹士兵，无需谁给他翻译——所谓“美”，岂是专指“美丽”的事物。我以为这幅战士的照片，这位照片中的战士，非常之美，我称其为美，是因对历史有敬意，对摄影也有敬意。

但我要写的还不是这些。

我时或愿意给国中画画的新朋旧友看看以上说及的摄影，却殊少得到识赏与回应，他们随便翻过，继续聊天，那种面对摄影的冷漠，怎么说呢，借从前的上海话，叫作“木肤肤”。据说卡帕、布勒松的摄影展二十世纪八十年代来过北京，在劳动人民文化宫展出，也似乎没给画家同行留下什么记忆或说法。又如北京民国青年方大曾抗战期间的摄影，也是由台北摄影人阮义忠的发掘引介，这才于九十年代出版，迟至二十一世纪方始传回北京，前时我在三联书店看到，而也不见引起我们“艺术界”怎样特别的注意。

年来我在学院教书，不愿尽说些色彩素描之类，于是拟“西方观看传统”为题，将欧洲写实绘画、十九世纪摄影、二十世纪电影，连而贯之，分三节聊作讲述，意思是说“摄影”绝不是“照片”那么简单一回事。我凭什么资格谈论摄影呢，可是动问四座，我们高等艺术学院的本科生、研究生对摄影史全然无知。谁是布勒松？什么是摄影的“决定性瞬间”？课中三百多位未来的“视觉艺术家”无人知晓。各校邀讲，我每一厢情愿呼吁艺术学院与美术馆尽快成立影像专业与摄影馆，做观看文化的启蒙，而响应者寥寥，并且南方一位艺术学生可爱地质问我：你喜欢摄影，就要我们也喜欢摄影吗？

我无言以对，唯中国画家如今的惯技，是十之有九依赖照片。是的，摄影在我们心目中，至今只是照片而已。

我真不知要在这篇稿子里说什么。或者说来话长吧，而长话不能短说。我且谢谢上海《艺术世界》每期介绍当今世界的摄影文化，并附相当可读的文字。今在纽约邂逅罗塞特摄影集，虽然并不有名，但他的中国影像委实不在昔年卡帕、布勒松之下，回国后赶紧寄过去，承蒙发表。这批照片自会言说，作者的文字更有许多珍贵的历史细节，不必我来评论，谨遵嘱凑这篇不知所云的杂文。

二〇〇二年五月二十日

一九四八年国民政府签发给布勒松进入中国的签证影印。二〇〇四年布勒松逝世，法国纪念专刊发表了这份历史文物。

摄影的严肃，严肃的摄影

一

为了瞻拜名画的真迹，二十世纪八十年代初，我去到纽约，不知道会有千万件摄影作品在这座大城等着我，不知道西方重要美术馆才刚接纳摄影作品，增设摄影专馆，日后，我在曼哈顿目睹了这本谈话录中的许多摄影家茅庐初出，就此成名：辛迪·雪曼、荒木经惟、让·鲍德里亚、安娜·嘎斯克尔、巴巴拉·克鲁格、南·戈尔丁……一九八六年仲夏，我过生日，适值戈尔丁《性依赖的叙事曲》初版，我的热爱摄影的弟弟特地买了这本影集送给我。

注　这篇文章是为顾铮《我将是你的镜子——世界当代摄影家告白》（上海文艺出版社，2003 年）一书所写的序言。后收入《退步集》（广西师范大学出版社，2005 年）。

新世纪头一年，我归返国门，天津海关例行检查。几十箱书籍画册被命令拖出越洋货柜的大铁门外，逐一拆封，当关员们窃语商量后，决定扣留的仅止一册，即戈尔丁同志的初版影集，因为书里有若干裸体影像。

要不要将这一幕告诉戈尔丁？她与我同龄，蛇，那么，今岁她已知其“天命”。

二

摄影总使我想起纽约。初到几年，将届九十岁的安德烈·柯特兹甚至好好地活着，他的寓所就在纽约下城华盛顿广场北端，多年后从电视里见他老苍苍在广场走动，捏着相机，真希望我也在那里。一位弄摄影的朋友曾答应带我见他，不久，《纽约时报》登载了他的讣告。

致函柯特兹，称他为自己的老师的卡蒂埃–布勒松先生，今天仍活着，快要一百岁了吧，四年前在纽约“雷佐里”书坊看见别人拍他的专集，破了他不愿被人拍摄的例，而主题是一种老品牌的照相机。有位老店员眉飞色舞地对我说：布勒松为此正在状告那位作者。

看来老头子火气尚旺，很年轻。

大都会艺术博物馆、现代艺术博物馆和古根海姆美术馆的摄影专馆，长期陈列自十九世纪至当代的摄影经典，那是我了解摄影史的启蒙场所。我画室所在的时代广场附近，第六大道与四十三街街口，是"国际摄影中心"设在中城的分馆，馆首飘扬着简称"ICP"的竖条旗，每月举办专展，回顾大师，推介新人。在那里，我逐年认识了数倍于这本访谈录中的新老摄影家：布拉塞、马努艾尔·阿尔瓦雷兹–布拉沃、雅克·亨利·拉蒂格、维吉、罗伯特·梅普尔索普……当然，还有罗伯特·卡帕的个展，他没死，他的影像有如猛烈的耳光，向我扇来。

我竟与这些伟大人物的作品同在一座城市吗？每在"ICP"馆内徘徊，我总会做梦似的想，哪天国内的哥们儿要能看见这些照片，该多好啊！

三

回国翌年，我受邀给上海《艺术世界》开设文字专栏，这才注意到这本被美术专家门十分看轻的杂志，每期不但刊印严肃的，包括裸体人物的摄影作品，还有世界重要摄影家的专题介绍与访谈。我满怀感激。这是本该出现在美术刊物中的重头戏啊。

我不知道国中可有其他杂志系列介绍世界摄影？我看过的专业摄影杂志中，虽有零星当代摄影专题，其余大抵是美丽的"照片"，前年给叫到南京郊外一所新建的，据称是全国唯一的私营摄影学院讲演，在走道里看见的仍是“人民画报”式的风景照片：群山、竹筏、逆光的花朵……不能说那不是“摄影”——我说“摄影”，当然不是指所谓“艺术摄影”和千百份杂志中精彩的照片。假如诸位同意的话，我能不能称此书中的这类照片为“严肃摄影”？

画家群很少有人格外留心摄影。年来我慕名并有幸结识了几位卓有成就的摄影单干户，那是一群游荡在体制之外的动物：与“影协”彼此疏远，是艺术学院的落榜者或叛逆者。他们边缘，辛苦，然而有福了：假如他们果然准备将生命献给摄影，将摄影献给生命。

现在，《艺术世界》将要集结出版这本世界摄影家访谈录，并大量的作品图片，戈尔丁镜头前那些无聊躺卧的尘世男女也在其中吗？我又像做梦似的。

四

不知是太早还是太迟，上世纪八十年代初，台湾的阮义忠先生凭着匹夫之勇，连同他的眷属，以大量翻译和访谈开始了西方摄影文化在海峡彼岸的启蒙。一九九五年，我找到他在台北一座楼层的私人工作室、摄影书坊兼摄影杂志社，向他当面致敬。前年，我在北京向台湾清华大学陈传兴先生表达致敬，他与阮义忠的对话使我获益良深。他留学法国，专攻影像、戏剧、哲学与历史，听过巴特的讲课，是德里达的学生。

阮义忠的言说，侧重摄影的社会与道德立场，陈传兴的表述，则把握摄影的文化含义。前者的文本数年前进入大陆，有谁注意过吗？我相信，如阮义忠那般热情，陈传兴那般冷静的有志于启蒙的人物，经已出现并散布在我们周围，人数不少，也不会很多。我愿预先向他们追致敬意。

例如，被历史遗忘干净、尸骨无存的北京人方大曾先生。他的某件作品——在中国的太阳光下，“二战”初期，一位农民正从身陷黄土的士兵尸身上剥除衣物——无愧于陈列在柯特兹或卡帕左右。还是那位阮义忠，十年前从北京找到方大曾眷属珍藏半个多世纪的大量底片，在海峡对岸出版面世，若干年后，再传回北京。

今天的北京人可知道有位方大曾？

五

在西方，关于摄影的论说与文字，太多太多了——国中献身于当代严肃摄影的人，那些不属于主流的家伙，想必早有自己的作品与识见——这本书，我宁可相信对于国中的画家们，对所有愿意睁开眼睛，用心观看的人，大有裨益。

出于绘画的傲慢与偏见，几十年来，大部分视觉艺术家对视觉艺术的核心问题视而不见。国中的绘画、雕刻、设计、电影、戏剧、电视，甚至包括文学，虽曾试图探究各种尽可能深刻的命题，但因了不同媒材的“行业”意识与不同利益的“专业”藩篱，彼此隔阂，以致彼此无知，几乎未曾触及摄影自诞生迄今而高度关切的严肃命题。

什么命题？为什么那是“严肃”的？我不知道。但这命题一直在那里，高高悬在所有视觉艺术的“头顶”。

每当我面对严肃的摄影，如同遭遇警告，发现我其实不知道什么是观看。我积蓄无数理由，为绘画，为绘画残余而可疑的价值辩护，自以为懂得绘画与摄影的分际。但摄影总能有效地使我暗自动摇，并给予我另一双眼睛，审视绘画——摄影，以其高于绘画，甚至高于摄影的原则——或谓“无原则”——给予我更为宽阔的立场。

但我说不出那是什么立场。关于艺术？关于社会？还是关于“人”？

摄影的专论不曾有教于我。不像绘画、音乐、文学，延绵久长，繁衍了自身的理论，并被包裹其中——摄影没有理论。福柯、巴特、桑塔格均曾恳切地谈论摄影，周详透辟，视摄影为亟待认知而难以评论的事物。权威摄影评论家亨利·霍姆斯·史密斯即著有专文，题为《批评的困难》。

我没有资格谈论摄影，只是对摄影持续惊讶的人，我甘愿一再迷失于摄影以及关于摄影的文字中。真的，摄影没有理论，如果有，很可能就散布在千差万别的摄影作品与摄影行为中，我们该倾听这本书中所有摄影家歧义纷呈的真知灼见。

六

自摄影诞生迄今的老问题，历久常在：摄影是艺术么？

拉里·克拉克说，他拍照时“从未考虑过什么艺术”。

梅普尔索普以他自称的实用主义态度，也认为摄影“不是艺术”。

布拉沃说：“谈论摄影、绘画、雕塑是不是艺术是没有意义的。媒介本身并不是本质问题。”

比阿德自称他的摄影只是“日记”，他要使自己的作品“不是作为艺术存在”。他说：“日记是私人的东西，不是艺术。”戈尔丁与他的意思相仿佛，称自己的摄影是“视觉日记”。

细江英公干脆说他的作品“即使不是摄影也不在乎”。克鲁格则在乎她的作品能够从广告图像“变成艺术家的作品”。可见她认为广告——也即摄影的庞大的副产品——不是艺术。

鲍德里亚警告：“危险的是，摄影被艺术所侵蚀，它已经成为艺术。摄影虽然有着人类学的幻觉，但如果从美这一头进入，它的人类学特点就要失去了。”

看来布勒松仍将摄影认作“艺术”。他属于现代艺术祖父辈人物。他说："我的兴趣一直在造型艺术上，摄影不过是其中的一部分。"

法国蓬皮杜中心摄影部部长阿兰·沙亚格确认摄影是一种艺术。他被问及馆方以何种标准收藏摄影作品时，断然以"艺术""进步"及"现代性"为准绳。他说：

"不在于照片反映了什么真实性或者它是否忠实于摄影这媒介自身，而是它对现代艺术贡献了什么新的东西。摄影是一种由于工业文明的进步而出现的对旧文化予以扬弃的新装置，它自身在技术方面的进步同时不可避免地引发了它在艺术方面的进步，并且引发了现代艺术的进步。"

他将摄影作品的收藏与绘画等同，坚持"唯一性"与"稀有性"。他说："谁都知道照片是可以不断复制的，但唯一性与稀有性却又是我们无法回避的出于商业考虑而必须采取的立场。"

我们听谁？相信谁？持续"进步"的"现代艺术"不断颠覆已有的各种艺术定义，问题早已是"什么不是绘画""什么不是艺术"。至少就媒介而论，许多当代艺术家早已放弃传统工具，各尽所能，但摄影不能没有照相机——尽管沙亚格的收藏政策将摄影家本人制作的"原件"（Vintage）与再度翻印的"现代照片"（Modern print）严格区分——谁都难以预料科技的进步，不过迄今为止，按营造"虚拟现实"的摄影家杰夫·沃尔的说法："数码技术改变的只是照相机的后半部分。"

七

照相机吞没了无数摄影家。在故宫护城河对岸，在名花盛开的季节，成群摄影爱好者举着各种牌号的照相机，捕捉夕阳，对准花蕊。我听说，国中一位期刊发行人关照编辑：“别听摄影家怎么说，他们负责按快门。”

这本书中的摄影家个个都是工具的主人——或如布勒松所说：“从事摄影的人只是摄影的工具。”这“工具”不听从雇主，而是摄影本身。

但老问题仍在那里：摄影家是什么人？人为什么摄影？

大卫·贝利说：“我不喜欢将摄影看成是摄影。”

未被收入此书的辛迪·雪曼说：“过去我对作为一个摄影家不感兴趣，现在也是。”

我相信他们说的是真心话。哲学出身的让·鲍德里亚说得比较“理论”，他说他追求摄影的理由是去除“事物的意义”。他自称“我不是摄影家”，摄影对他来说“完全是一种丧失身份的行为”。

森山大道说得干脆：“我并不喜欢照相机……我根本没有照相机是武士刀这种感觉。”他缺钱时，照相机便在当铺——能够想象画家与笔、音乐家与乐器是这样一种关系么？

好几位摄影家的动机异常单纯。克拉克认为“拍照这件事不重要”，重要的是“我在拍摄年轻人”。戈尔丁被男友暴打后对镜自拍，是为了将发生过的时刻留给自己，并“告诉别人”。韩国人林昤均说他不过是以“他人的面孔”拍“自拍像”，即如今国中艺术圈流行的“身份确认”。

摄影家常是身份暧昧的人。这本书中至少有四五人曾经专攻绘画（布勒松画了一辈子，我看他晚年的素描，非常好，也非常差），有的从小玩弄照相机，有的半路出家，有的半路改行——总之，他们高度专业，但对摄影似乎并不专情——莫法特、克莱因、贝利既拍照片，又拍电影。李希特研究摄影，一心为了画画，他在别的场合说道：“我以绘画说明摄影。”萨尔加多活脱“延安文艺座谈会”的国外信徒，毕生“深入生活，表现人民”。他居然还在追思四十年前遍及法国的文化造反，他说：“应该重新考虑六十年代学生运动的根本问题。”

书中几位日本人对摄影的表述，南辕北辙：

东松照明执意要在战后日本被美国化的现实中，找回未被美国化的日本，他要用照片使“人们的感性苏醒”。细江英公在拍摄中放肆摆布日本作家三岛由纪夫乃是为了“砸烂偶像”；后者配合如仪。

江成常夫痛感日本人“轻易忘记了战后遗留的问题”，他用照相机书写历史。以都市为主题的森山大道和筱山纪信对国家或历史不置一词，前者说，“我与任何城市一见如故”，后者认为摄影是“把已经存在的世界的最好的地方裁剪下来”。

而荒木经惟说：“作为一种心情，我宁可相信照片而不是文字。”他说：

“摄影是快乐本身，摄影是轻快甚至是轻浮的。”

八

在摄影家“罗生门”式的口供中，我们如何把握摄影的案情、动机、陈述与脉络？西方绘画虽则流派纷繁，皆可追溯史迹，归宗本源，譬如希腊，譬如文艺复兴，而摄影天生不知就范，并放肆穿越其他艺术止步之处。试将摄影分类或归纳，必遭遇无数反证，一如被称作“先锋”“实验”的艺术意在追问什么是艺术，严肃摄影总能有效地以各种截然不同的方式，既问且答，亦答亦问：

摄影是什么？什么是摄影？

“记录”“见证”“现实”“瞬间”，是摄影话语中最常见的词。对此，照相机天然地难辞其责，可是沙亚格说他们收藏广告与时装摄影，却排斥新闻与纪实摄影。“ICP”的立场迥然不同，我在那里看过多少新闻摄影，充满时事、是非、暴力与战争。

“9·11”惨祸当天上午，著名的马格南纪实摄影小组正在曼哈顿开会——真叫是摄影的天意：他们居然相约聚集在此时此地——各国成员闻讯休会，冲向现场，一位资深女摄影家事后在展览说明中写道：“人群奔逃而来，我穿过他们，迎向世贸中心。”纪实摄影仿佛并未证明“照相机在场”的真理，倒更像是事件为了摄影而发生——天作孽。这岂非又一道“人生模仿艺术”的悖论。

但是，稍稍审察摄影史的全景观与进行时，我们会发现，伟大的纪实经典只是其中一小部分。

在这本谈话录中，纪实与摄影的关系、摄影与“现实”的关系、人与世界的关系，充满珍贵的“悖论”，这些悖论超越了被社会称作“道德”的概念，俨然成为摄影自身的“道德”，这“道德”，也超越了摄影史：似乎每一位摄影家都有自己言之有理的方法论与摄影观——

江成常夫说，摄影若是作为“彻底的记录”，便成了“拷贝的同义词”。而要“彻底表现”，又会“远离现实”。所以他不得不在“表现与记录的窄缝中，边苦恼，边拍摄”。

布勒松的警句：“摄影就是凝神屏息”，因为现实“正在逃遁”。

荒木经惟发现：“眼睛看见的与照相机拍摄到的是不一样的”，因此“真正的东西不可貌相”。

什么是他所谓“真正的东西”？大卫·贝利说：“照片自己站了出来。”比阿德意见与他相似：“有什么东西自己在发生。”所以他“在做的过程中委身于偶然性”。

声称在摄影中“丧失身份”的让·鲍德里亚说得更彻底：“对象本身招呼你过来，谦虚地说，请拍照片。”他说，当他举起相机，“是‘对象’在那一边工作”。是的，假如“在那一边”的“对象”是“9 · 11”上午的世贸中心，摄影家果然“丧失身份”，只是镜头与快门，无需想象力。

事情真是这样么？“9 · 11”方案的想象力来自好莱坞，好莱坞是“制造梦的工厂”——这“工厂”煽动了近二十年来新兴摄影的万丈雄心，摄影家们开始精心利用，进而妄想操纵照相机。他们营构“现实”，虚设“对象”，而后动用照相机。

与比阿德“委身于偶然性”相反，弗孔的所谓“造相”式摄影尽可能控制，甚至“排除偶然性”，为此，他在拍摄之前先行“捏造一个封闭的空间”，如嘎斯克尔所言，“即使拍摄出来的不是现实事物，也要使看的人相信，这肯定在什么地方存在过。”

绘画的“基因”开始“委身”于摄影。在纽约，我被杰夫·沃尔的超型灯箱照片吓得魂飞魄散——活见鬼！一群死相惨烈的“二战”士兵，血污狼藉，脑裂肠流，在废弃战场的泥石间推搡笑闹——好啊！这家伙抱有古典画家的野心。果然，沃尔说道：“摄影可以在摄影之前，也就是与绘画相似之处展开工作……摄影继承了绘画制作的思考方式，继续着摄影发明前绘画所做的事。”——弗孔亲自画过自己想要的某些场景，最后决定，唯摄影才能“表现得最好”。

在“数码技术重写摄影定义”的今天，针对摄影的可为或不可为，沃尔问道，“边界在哪里？”他说，“‘瞬间’是理解摄影的一种可能性，‘没有瞬间’是理解摄影的另一种可能性……我感兴趣的是我们现在仍然需要探讨这个媒介的复杂性。”

新兴摄影的另一组动机，更直接，更暧昧，更“政治”，又更为反政治。这类作品不追求早期摄影的艺术性与经典性，摄影，被“委身”于似是而非、似非而是的私人性与公共性。

克拉克的摄影目的是“回过头将过去变成照片”。

荒木经惟称摄影是“记忆的装置”。

东松照明却认为摄影“使记忆破灭”。是这“缺失感”诱使他从事摄影。

克鲁格说得中肯：“所有人的脑子里都一直盘旋着小小的假叙事。”

戈尔丁作为女人的意识胜过摄影家意识。她说：“如果我以摄影保留人生的记录，那么，对于我的人生就谁也无法修正了。”而森山大道说：“不，没有什么人可以把握世界。”

激进的左翼人士萨尔加多坚持“尊重对象，理解对象”，认为与他拍摄的人们“一起生活”乃是“最重要的”。不过他远比我们的伪左翼艺术家头脑清醒，明白艺术基于“个人”。他说：“与这片土地上的人保持接触却仍然是独自一人……这种双重构造对摄影来说很重要，不可或缺。”

筱山纪信另有说法：“不管什么人，如果第一次见面时不能拍好的，那今后一生也拍不好。”善于捕捉人性的摄影

左图：战壕中的士兵尸体。摄于第一次世界大战期间。右图：杰夫·沃尔一九九五年“虚拟现实”的灯箱装置摄影作品：脑裂肠流的阵亡士兵活转来，说笑作怪。原作是真人等大尺寸。

日本当代艺术家杉本博司模拟欧洲古典油画的两幅摄影作品。

魔鬼柯特兹与布勒松，乜从未发布“深入生活”“体验生活”的教条。后者说：“除去诗意的表现，我对摄影的记录性一点也没有兴趣。”他的信条只是“对被摄体以及摄影自身付出最大的敬意”。

我愿斗胆以杉本博司的话做出补充，他说：“摄影的历史是人类幻想的历史，人类要看见幻影的能力就因为他们拥有视觉。”

九

在作家、画家或音乐家的言谈中，我很难获致摄影家所能给予的快感与攻击性。采访弗孔的日本人安部说：

“像艺术家这样的人不一定必须始终意识到自己所做的事。因为言行不一是艺术家的特权。”

安部是将摄影家归入艺术家之列。可是作家、画家与音乐家身后站满了活着或死去的史家与谏吏，“艺术”永远被置于史论的法庭——摄影没有判官，只见证人，摄影作品则仿佛兼具揭发、证据、原告、起诉的多重性质，在摄影及其涉及的种种问题中，理论官司是无效的。

没有哪一类艺术家像摄影家那般投注性命，最著名的先驱是罗伯特·卡帕，而数以百计的新闻摄影家壮烈牺牲，以身殉职——摄影是一种职业么？即便最自私、最避世的严肃摄影家，也都是对着世界单独叫嚣的人。

本书访谈的对象几乎个个能说会道，锐不可当，摄影家若有天职，便是天天逼视我们无视的事物。他们因此在种种问题上抱有惊人的发现，脱口而出，俨然是世界的、摄影的，同时是自己的首席发言人。

关于宗教：当塞拉诺作品《尿中基督》被人质问时，他慨然答道："上帝允许我制作它！"

关于死亡：他在停尸间拍摄的经验是："所有尸体还住着灵魂。"

关于种族：他拍摄三K党而注意到"许多成员非常贫穷"，从白色帽罩中露出"善良的目光"。他发现，自己与三K党徒其实都是"少数族群"。

关于西方：来往于美国与非洲的比阿德这样看待举世称庆的南非民主："全都错了，现在西方在非洲做的事与当初美国对印第安人所做的事是完全一样的。"他尖锐地指出，"人会无动于衷地听信自己的宣传，我们是作为自然的敌人而存在……一切已经太晚了，游戏的终结，一切都太晚了。"

关于生命：法国人弗孔这样解释自己的作品："我的世界里没有'代'的概念，出场人物都是孩子，是男孩，少年，没有'生育性'，可说是'原型'样的东西，是停止了的世界。"

关于摄影：哲学家鲍德里亚的言说自有他的看家本领："事物都被意义和语境所覆盖，而摄影则是把这些意义和语境从客体的周围全部剥除干净。我几乎不拍人是因为人带有太多意义。”他对《明室》的理解一语中的：“巴特的分析是把摄影作为一种消失来理解的，非常精彩，《明室》真的是触及了摄影的核心问题。”

关于时间：当森山大道被问及克莱因的作品是否过时，他说：“过时的是照片中的世界。”

关于城市：他欣然说道：“小城市就是一部短篇小说，大城市就是一部长篇小说。”

关于影响：贝利说：“任何人都是一种影响。”

关于艺术：比阿德说：“现在的艺术总体来说，太艺术化了。”

关于艺术教育：又是比阿德：“想要到艺术学院去成为艺术家的这种想法本身就有问题。那帮家伙几乎都很自我中心，很多家伙很没意思。”

关于艺术家：还是比阿德：“我认为沃霍尔嫉恨杜尚，有杜尚才有沃霍尔……他本身就是一个被展示的存在。”

关于电影：克莱因说：“人们看电影要比看摄影集更集中思想。电影只能从头开始，服从它的展开。”不少摄影家承认他们的灵感来自电影。

关于电视：鲍德里亚说：“在以电视为首的图像文化中，摄影想做的是切断这图像之流，提出完全的沉默与静止。”克鲁格另有说法：“电视如此强大是因为最好的写作是在电视上，这就是共和党如此仇视好莱坞的原因。”当然，她说的是美国的电视。

关于裸体：坦尼逊称之为“人的不设防状态”。

……

停止摘引。书中的精彩表述百倍于此。我写前言，不看书中的图片——说句涉嫌炫耀的实话：我被纽约宠幸的经验之一，是观看摄影的“原件”（Vintage）——书出，图片在，便可与言说互为佐证。我虽为此书勾引读者，安部有言在先：“不管怎么解释，结果总是无法超出作品本身。”

十

而这书中不过是若干照片。谁不会拍照？谁没见过照片？若非十二分敏锐，再好的照片，仅供一瞥，如同我们睁着眼，轻率地度过一生——能够确凿证明我们曾在这世上活过，唯照片而已。一旦发生火灾地震，据我所知，西方社区再有钱的人家，出逃时仅只携带家庭相册。

此事大有深意。

在我们的媒体、美术馆及艺术教育的意识中，“摄影”早已具备，“摄影文化”则尚未真正发生。出版界的情形略微不同，山东画报出版社面向大众的《老照片》系列，若经巴特锐眼审视，一定会提出照片背后的大追问。前卫艺术的某一“部位”倒是尖锐地意识到摄影的尖锐，惜乎其中“运动”的成分多于摄影。前一阵媒体报道了设在平遥的国际摄影展，自然是大好事，不过总觉得像是文艺派对……

摄影的觉醒，应是人的觉醒，我看见，中国的无数表象与隐秘，尚在照相机前沉睡。

在重要的世界摄影舞台，我常为东瀛小国的摄影深度所震撼。我不妒忌沃霍尔与杜尚，但难以遏制对日本人的妒忌——此事非关民族的虚荣与自尊——我们的体育、电影、前卫艺术（包括其中有限的摄影作品）早已“走向世界”，然而在“世界摄影”中，虽然常会出现西方摄影家镜头下的“旧中国”或“新中国”，但恕我直言：罕见，或看不见中国摄影家。

这是一个严肃的问题。

摄影比任何艺术更严肃、更无情。摄影难以为社会所驾驭。唯摄影胆敢自外于艺术，如书中大部分摄影家，宁可悬置自己的身份。他们，是内心深处不顾一切的人。

巴特对这本书中格外个人化、风格化，或注重新闻纪实的摄影，均不看重，他有道理。但他洞察摄影的桀骜不驯，竟将摄影认作是“疯狂的姊妹”。他发现，“持续地注视”照片，总伴随着“潜在的疯狂”，因为“注视既受真理影响，也受疯狂左右”。当他在《明室》的书写中寻获摄影的“所思”乃是“此曾在”——较为周全的翻译是：“曾经存在，但现已不存在的事物”——结论是：“摄影、疯狂，与某种不知名的事物有所关联”，那“不知名”的，是什么呢？他称之为人心的“慈悲”：

从一张张照片，我……疯狂地步入景中，进入像中，双臂拥抱已逝去或将逝去者，犹如尼采所为：一八八九年一月三日那天，他投向一匹遭受牺牲的马，抱颈痛哭：因慈悲而发狂。

在《明室》的末尾，他写道：

社会致力于安抚摄影，缓和疯狂。因这疯狂不断威胁着照片的观看者……为此，社会有两项预防的途径可采用：第一道途径是将摄影视为一门艺术，因没有任何艺术是疯狂的。摄影家因而一心一意与艺术竞争，甘心接纳绘画的修辞学与其高尚的展览方式。……另一安抚途径是让它大众化、群体化、通俗化……因为普及化的摄影影像，借展示说明的名义，反而将这个充满矛盾与冲突的人间给非真实化了。

摄影的选择是什么：

疯狂或明智？摄影可为二者之一……让摄影顺从美

好梦想的文明化符征，或者，迎对从摄影中醒觉的固执的真实。

去除了上下文，这些话可能是费解的，我所以反复阅读（台湾译版的）《明室》。他说的是西方——久在西方，我对他的言说始有渐进渐深的认知。中国眼下的进步，已初具他对影像文化所概括的景观：影像正在我们周围泛滥，无论是“艺术”的，或“大众”的。而“从摄影中醒觉的固执的真实”，却是稀有的经验，一旦遭遇，仿佛被目光逼视，不免惊怵，以致难堪。

我被这本书触动的不是照片，而是言论的锋利。此外，我要说，摄影不应该仅在书页中被观看。目击一幅原版照片，比镜头目击真实更具说服力。凝视原版的质感与尺寸——这质感、尺寸绝不仅指作品的物质层面——是不可取代的观看经验，并从深处影响一个人。

愿伟大的世界摄影直接迎对我们的目光。还要等多久？此刻，我谨感谢顾铮先生坚持多年的编述，感谢上海文艺出版社做成这本书。

二〇〇三年七月二十五日写在北京

布鲁诺·巴贝(法)。摄于一九七三年——翌年我首次造访北京，和照片中的青年一样，斜跨书包，那时，天安门周围到处可以看到这样的场景。

知青与农民

“知识青年”的意思，就是没有知识的青年；“上山下乡”的意思，就是大规模遣散，实现“都市乡村化”——流放、流落、流浪，是上山下乡运动的国家景观，失学、失业、失落，是上千万“文革”知青命运的总模式。

极少数知青的个人奋斗，似乎印证了“天将降大任于斯人”的古训，其实是为国家政治命运的戏剧性转变所拯救，得以修成正果。绝大部分知青，三十年来被时代与社会一步步抛弃，成为多余的人。

知青不幸，因为此前、此后，没有一代都市青年全体遭遇被剥夺、被愚弄、被遗弃的过程。知青有幸，因为他们是

注　这篇文章为黑明摄影集《走过青春》所写，后收入《荒废集》（广西师范大学出版社，2009 年）。

国家的歉疚、社会的隐痛、时代的败笔，因此尚有若干被言说、被纪念的历史价值。

今日都市青年的父母十之六七可能是老知青。请老知青们不要忘记：亿万农民远比知青更悲惨、更凄苦、更无告。知青被历史赋予一种荒谬的身份，但没有人会“纪念”农民，并给予格外的同情或尊敬——知青与农民的曾经“结合”、终于离弃，这不该只是知青一代的记忆，同时，也是农民的记忆。

黑明同志的影像追踪是对知青的记忆。在他的镜头下，知青们一个个老去。他们苦笑、成熟，或者面无表情。岁月留驻，并同时抹去他们被侮辱被损害的斑斑印记，现在，他们既不像当年的知青，也不像世代的农民。

二〇〇六年六月写在北京

选自黑明摄影集《走过青春》。赵纯慧（右二），北京九十九中学六八届初中毕业生。父亲是工程师，“文革”入狱，母亲发疯。弟妹年幼，无人看护，经街道和学校强行动员，赵纯慧于一九六九年离开北京，落户陕西宜川县寿丰公社，翌年患精神病，后被当地干部安排嫁与本村残疾农户李根管（图中白发农民），育三男一女。

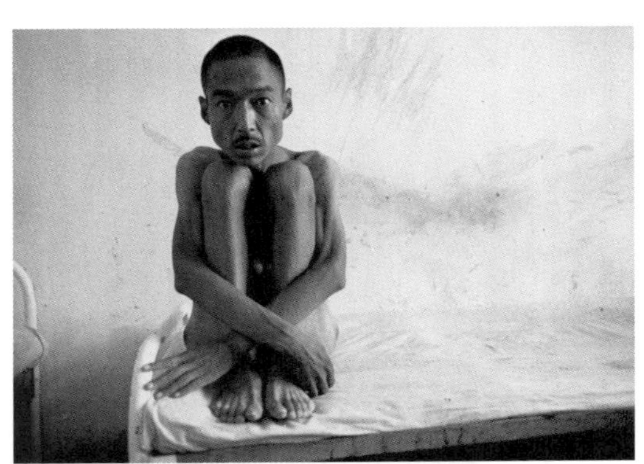

上图：精神病院，天津，一九八九年。下图：精神病院，北京，一九八九年。

无言的劝告

国中当代摄影家，吕楠，是一位自始即抱持“大师意识”的实践者。这不是说，他刻意想要成为、或自视为“大师”，而是指目击“猎物”的一瞬，他从不稍或忘却摄影史经典的伟大训诫。这样猜测，我的意思是，吕楠对于“学习”怀抱敬意。当他决意走上这条自我折磨的道路时，恕我妄断：布勒松、柯特兹的幽灵可能悄悄跟着他。

这是一道又一道严酷的课题，濒临精神病院般的无望：我不知道吕楠废弃的照片数量有多少。目前所见，他大部分作品的“图像”均被赋予近乎完美的“不可更动性”。诚然，严肃的中国摄影家都已学会将自己交付给以下折磨：空间的安排，视线与向度，光与光源的把握，人物的动静、主次、

注　2008 年初，今日美术馆创办《影像》杂志，这是为创刊号吕楠专题写的评论，后收入《荒废集》（广西师范大学出版社，2009 年）。

避让、张弛、单数与复数……但在吕楠那里，这些不容闪失、不予商量的“原则”——我愿意说是“伦理”——格外呈现为一种紧张感，并不曾透露丝毫紧张。

这可能便是我所谓的“大师意识”。

在我看来，吕楠作品的说服力不全在“内容”，而是构图的审慎与均衡。关于他的评论注意到这一层么？譬如这组“精神病院系列”中有两件作品出现裸体女子。前者是被铁栅囚禁的青年患者，但玉成构图的是那位监门外枯坐的老妇；后者的主角则是右侧那位仰面发呆的疯孩，公然坐在廊下的赤裸者虽令人感动而羞耻，但严格说来，她犹如莎士比亚剧中的配角。景深中次要的女子也必须在，否则，如此难得的一景虽已捕获，“大师意识”仍会主张删除……

在院墙内转圈环步的人群不能没有居中的那位仰躺者；六位玩牌的病人，顶在头上的白枕正好是三枚；乒乓球桌的围观者有三位举臂欢呼，在三副双拳的高低错落间，我又见到“大师意识”。此外，人物的坐站、正斜、居中、靠边、二比二、一比三，以及在其他类似构成中，吕楠的苦刑——也即他的狂喜——如同卡蒂埃–布勒松给出的谜：我们永远不能解答这些局面的判断、捕捉是属人为抑或天意？出于耐心还是决断？这谜底，若以理论词语推断，乃因作者善于将“必然”强行制服于“偶然”，且本领深藏，置身事外。

卡蒂埃–布勒松惯常顾左右而言他，但仍然声称：“我不关心其他，除了形式。”所有苛求于构图的摄影家均难摆脱卡蒂埃-布勒松式的影响，吕楠的功力却并非超人的机敏，反倒出于三分笨拙，以及，超常的忍耐——同样是抢救瞬间，他不属于卡帕一路，卡帕以“事件”为性命，无暇分神于校正景物边框线——吕楠则将视像通常置于均衡端正的水准，尽可能以日常而平等的视线观看对象（一如小津安二郎架设机位的谦逊意识）。极微妙的，我从中窥见柯特兹般的体贴，这体贴的可读性来自人性还是艺术性？

我无意将吕楠与大师相并列，他从来与浅薄的“洋味”与“现代性”划清界限：他懂得“形式”不是表象，而是对主题的全部了解，唯其如此，本土题旨才能见骨肉、有血性。这时，我们或许可以偏离形式，略微谈论吕楠的慈悲心。

瞩目于卑微的人群，探寻社会真相，吕楠是这类摄影众多介入者之一。但我们都会同意，仅只可数几位中国摄影家具有经典性的概念，吕楠无疑是其中翘楚。他从“宗教系列”、“精神病院系列”到“西藏系列”，呈现漫长而清晰的自我陈述，丰实厚重，气质深沉。最高意义上的现实主义创作通常具有如下品格：沉潜、耐苦、同情心、宗教感、自我放逐……那是可能试炼的，但并不必定换取作品的经典性。据说吕楠常年在藏区游荡，伴随歌德的读本与巴赫的音乐，我看他“西藏系列”，他于绘画图式的认知涵括过去数百年的欧洲经典，并深知绘画画面的完满性与摄影瞬间的凝固，意味着什么。要之，他并非在摄影时才是一位摄影家。精神病人与藏民在他镜头前不只是人性的对象，而是中介，与他自己一起迎向他追念的境界。那境界与他所见无关，除非进入影像，成为切片、构图，也即所谓“形式”，否则难以安顿所谓悲悯与良知——我指的是：摄影的良知。

这良知构成经典的稀有时刻，包括影像主体的“伴奏”与“复调”。吕楠专擅人物摄影，尤其是二三人一组的群像，但他在空无与物件中也能处处看见“人”：在几幅孤单病患的动人作品中，使他心惊的不只是面目神态，更兼无情的“周围”——空床破败、甬道浊暗、被抛弃的工地、绝望的墙（那位不知何故进入病院的美术教师身后，贴着他描绘的“雷锋”），在纠缠于后园荒草的两位疯子头上，吕楠摄入晴空和云，我们的目光于是被带出墙外的“人间”……这是一组不忍卒睹的影像，重重封闭的空间令人窒息，所有病患苟活着，生不如死。这悲惨景象被如此“艺术地”拍成照片而竟免于罪过，实在因为作者无比善良。奇异的是，笼罩其间的非人氛围被赋予一种介于死活之间的存在的庄严。

我忽然明白这些照片难以阻止我们的遗忘，它们成为照片，其实不是为了丧失理智的精神病人，而是一份再恳切不过的劝告——请好好活着吧，戒除种种不安与罪孽，因为你们健康，正常，没有疯。这无言的劝告来自吕楠的作品，而不是病院中那一个个不幸的人。

二〇〇七年八月二十七日

上图：精神病院，天津，一九八九年。下图：精神病院，北京，一九八九年。

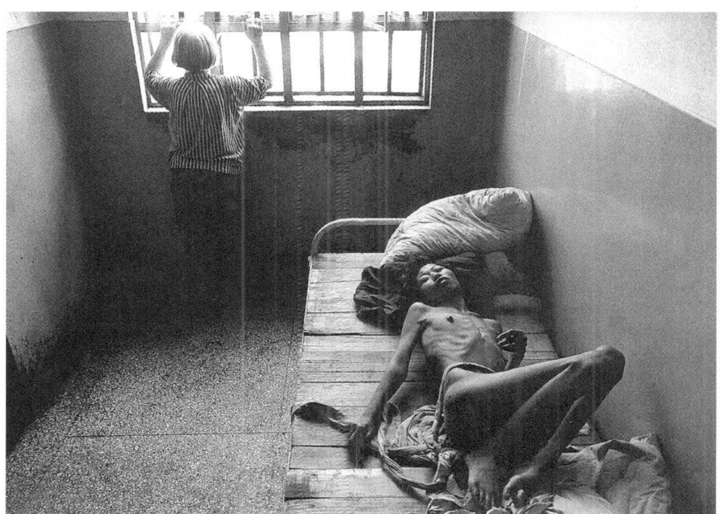

上图：精神病院，四川，一九九〇年。下图：精神病院，天津，一九八九年。

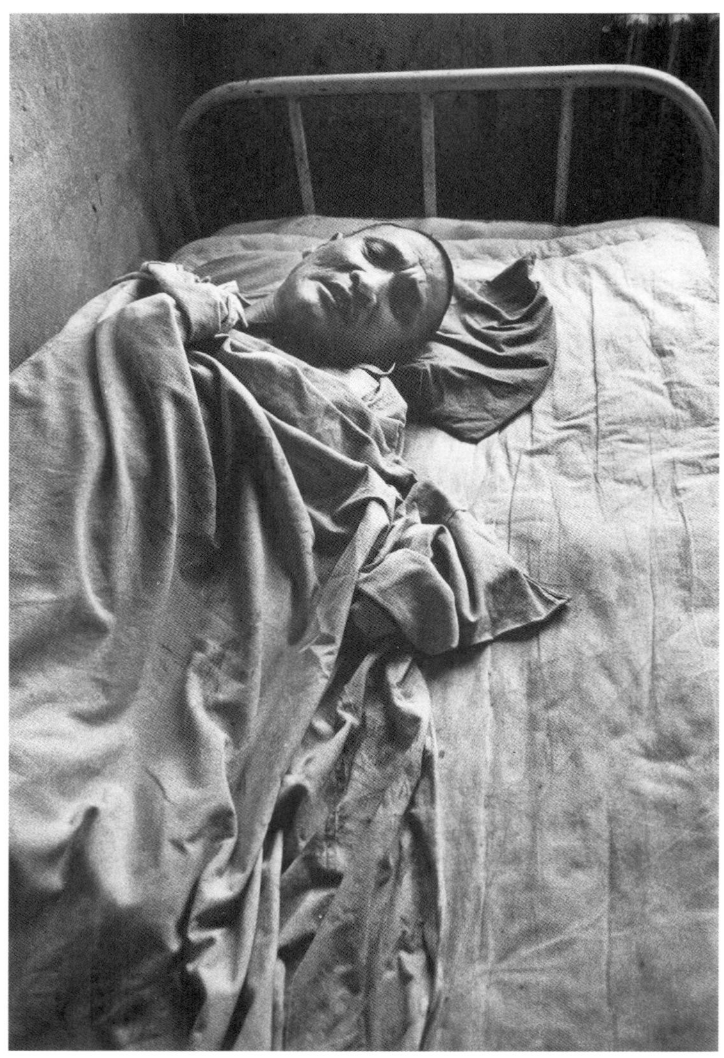

精神病院，天津，一九八九年。

精神病院，云南，一九九〇年。

24 Supplément illustré du Petit Journal

EN CHINE
Le gâteau des Rois et... des Empereurs

一九〇〇年，法国画报*Le Petit Journal* 增刊彩色石印画，描绘列强首脑分割中国：我们可以辨认出英国女王维多利亚、德国皇帝威廉二世、俄皇尼古拉二世，以及代表日本的武士；尼古拉二世背后的女人，则代表法国。此画当年在西方世界大量传播，原件弥足珍贵。

历史与观看

被割断历史的民族与阶级，它自由地选择与行动的权力，就不如一个始终得以将自己置身于历史之中的民族与阶级。

——约翰·伯格

本次展出的大量欧洲版画原作，呈现双重历史：一是晚清帝国与西方列强的抗争，一是法国十九世纪原版石印画与铜版画。换句话说，我们将会看见西洋人怎样描绘中国的故事。

当我们在画中认出清廷官兵与义和团，恐怕倍感异样。

注 2008 年初夏，今日美术馆举办秦风先生策划的专题展“十九世纪与二十世纪欧洲石印画铜版画”。这篇文章为该展画册所写，后收入《荒废集》（广西师范大学出版社，2009 年）。

虽然早经熟知“庚子拳变”与“八国联军”，但全体中国人，包括大部分画家或美术史家，或许未曾听说，更没见过这些版画的真迹。现在，我相信，我们心中的民族主义情结——这种情结或强或弱，从未消失——可能会对这些画心生反感：由西方人手绘的画面中再度确认祖宗的屈辱，毕竟与阅读本国教科书的种种训诫，有所不同。

这将是一项尴尬的新经验：如同百年前被洋枪洋炮轰醒，这些早已过时的洋画可能提醒我们，民族的落后不仅在科技或军事，而且包括绘画与观看。

今天，中国人开始追求“知的权利”，其中，观看的权利，至关重要。亿万人民今已获准从现代影像媒体同步获知世界大事：冷战告终、海湾战争、“9·11”惨祸、萨达姆就刑……新世纪以来，中国本土大事件也被酌情公诸媒体，使国人得以目击部分真相，譬如非典疫情，譬如刚刚发生的四川汶川大地震。

一百多年前，中国人没有这种观看的意识——西方人有，而且成熟。

虽然，十九世纪中叶西方经已发明摄影术，而用于新闻摄影的快照技术迟至二十世纪初方才出现，但现代西方的历史学与传播学已告确立，而普及版历史画的整套技术系统，完善已久，此一系统即诞生于十五世纪的铜版画（现藏柏林版画陈列馆的《鞭打基督》是最早可资考证的铜版画，作于一四四六年）和十八世纪的石印画（由德国人塞尼菲尔德于十八世纪末发明）。十九廿纪，报纸、期刊、画报等等现代传播业在西方次第出现，迅速茁育开展（法国石印画刊的定期上市，时在一八七〇年左右），石印画、铜版画于是等同今日的影像媒体，成为传播利器，与教会、宫廷的古典绘画传统相分离而相拮抗，成为公众的艺术，影响社会，服务国家：那两个世纪，正是英法确立现代国家与资产阶级民主政治的伟大时代，同时，也是欧洲列强在世界范围推行殖民文化的全盛期。因此，这些精致的版画除了艺术价值，更呈现全新的历史观，由于殖民扩张，西方新兴图像传播囊括了世界各大区域的不同历史与文明。

中国人的历史意识，原本格外早熟。史识、史书、史官，在先秦时代即已出现，延绵不绝，及至晚清。但中国古典史学毕竟与西方现代历史观不是一回事，犹未进入公众与传播的领域。再看绘画，中国历代墓室画、壁画、宫廷画与图文并茂的民间话本，均广涉历史主题（中国版画印刷术尤早于西方），然绝大部分历史画是为宫廷绘制，其功效，旨在歌功颂德，致力于历史的美化与教化，虽也有限触及争战，亦多取胜迹、凯旋等帝王伟业与朝廷盛事。西方现代历史画则注重历史的真实性，直接描绘重大时事，追求人物与场景的准确翔实，不避暴力、死亡、血腥、失败等细节，使之可信，进而产生历史感。

而石印画与铜版画介入传播，以时效优胜，公众不但阅读新闻，同时经由画面，随时、及时、适时，获知世界大势，这种对世势的把握与判断，使一个国家、民族，乃至个人处于恒常的主动状态，用约翰·伯格的话说，便是“自由地选择与行动的权力”。

可以想象，当十九世纪中晚期中国发生一系列有涉民族危亡与国家转型的大事件，清廷完全没有图像记载的概念。那时的中国朝野既没有现代媒体，更不具备现代新闻意识，而宫廷画与文人画从来远避现实政治，与社会民众长期绝缘。乾隆年间宫廷虽曾延请欧人以铜版画刻印征战胜事，光绪时代另有王肇宏赴日留学初识西洋版画技术，回国后著有《铜刻小记》一书，然前者止于宫内，后者影响甚微。直到清末民初，中国民间早期画报这才出现可数的战争插图，但那是对西洋同类绘画的三流模仿，并非出于历史意识。是故，更新美术概念，引进西洋绘画，乃成为此后中国新兴美术的历史契机，与五四新文化运动相呼应而相汇聚。

这不是艺术问题，而是，仍然取约翰·伯格的话说：“所有古代的绘画都是政治问题。”

眼下我们观赏的这批铜版画与石印画，详尽描述了一八五八年到一九〇〇年间英法联军、八国联军与清廷的几次大规模冲突，俨然图像编年史，倘若转换为今日媒介，足以构成一部大型文献纪录片。作者忠于时事，每一单幅作品

清廷委托欧洲人印制的铜版画，内容是国家平定边患的著名战役。

均依据史实，画面是想象的，但未曾臆造，既描绘中国民众对洋人的攻击杀戮，也大幅呈现联军屠杀清军与平民的场面，文字说明介于新闻报道和历史陈述之间，清晰而完整，唯刻画列强瓜分中国的漫画，带有显著的政治讽喻。

众所周知，中西文化发生现代意义上的对比研究，开其端绪者，是明末进入中国的西方传教士。鸦片战争后，西方对中国的野心与兴趣，持续升高，因此这批展品的三分之一画面，向欧洲展示了华夏人情风物和民俗景观，是被美术化的早期地理学、人类学图像文本。当然，在西洋画家的笔下，华夏的山川、城郭、楼宇、街市，尤其是中国人的形象，不免失据而失真，但作者大致未予刻意贬低，反而随处流露对这东方古老帝国的好奇，甚至向往。须知，当时的西方艺术家与媒体已相对独立，服务公众，并不全然受制于政府意志。总之，一百多年前的西方人民，便是经由这批绘画开始了认知中国的过程。

顺便一说，十九世纪欧洲的初期摄影曾被用于地理学或医学研究，摄影家分赴全世界，包括中国。第一批华夏各地风土人情的照片，悉数出自欧洲摄影家。日本同类专家稍后跟进，摄取大量影像资料，为日后入侵中国做文化准备，提供视觉文本。摄影之广泛用于新闻报道，要到二十世纪初叶，其时，已是欧洲石印画、铜版画黄金时代的尾声，然而西方公众对这精美而通俗的绘画久已养成数百年欣赏积习，其中产生好几代享誉一时的刻绘名家，举凡文学名著、科教图书、新闻业国际栏目，竞相刊载名家石印画、铜版画，赢得广泛的读者和市场。

时至今日，石印画、铜版画经已从新闻出版业全身而退，成为西方美术史古董级文物。近三十年来，中国引进不少欧美古典及现代绘画展览，在我印象中，经典石印画与铜版画真迹的专项展览，似乎未曾得缘展示，故而眼前这一批不但以数量和品质见胜，尤以中国近代史的丰富内容，愈显珍贵。秦风先生独具慧眼藏购并展示这批原作，显然出于比美术鉴赏更高更深的意旨，委实用心良苦——时移世易，中国美术界及其观众，欣然关注新世纪种种新艺术，但我们对绘画的历史与政治功能，较之百年前的无知蒙昧，可曾发生实质的变化么？我们自以为国家经已富强，义和团之类陈年旧事，早有结论，而这批版画也不过彼时的文物，有何值得格外看重的理由？

我谨提醒观众：我们的祖宗——不论是朝廷还是拳民——作为画中被击败的主角，当时浑然不知这些画，更不知窥视中国者何止军队与洋商，还包括整个西方的目光。及至帝国沦亡，革命骤起，中国人又哪里知道洋画在其间扮演何种角色？本次展览并不仅仅意在重温民族的失败，而在显示百年前的“他们”，那些“先进国家”与“先进文化”，何以制胜。这制胜的内因，基于文化，其中，包括这些绘画。

二〇〇八年六月四日写在北京

L'ILLUSTRATION,

JOURNAL UNIVERSEL.

3 avril 1858.

ABONNEMENTS POUR PARIS ET LES DÉPARTEMENTS : 3 mois, 9 fr.; 6 mois, 18 fr.; un an, 36 fr.; le numéro, 75 c.; la collection mensuelle, 3 fr.; le volume semestriel, 18 fr.

N° 788. — VOL. XXXI. — BUREAUX : RUE RICHELIEU, 60. Vu les traités internationaux, les éditeurs se réservent le droit de reproduction et de traduction à l'étranger.

ABONNEMENTS POUR L'ÉTRANGER : Par an, 36 fr.; plus les droits de poste, qui varient de 5 f. 20 à 22 f. 88 c. par an, suivant les indications données au n° 722.

SOMMAIRE.

Histoire de la semaine. — Courrier de Paris. — Gazette du palais. — *La Spasimo*, tableau de Raphaël. — Chronique musicale. — Souscription-Lamartine. — Œuvres nouvelles de Gavarni, 3e et dernier dizain. — Steeple-chase de la Marche. — Mœurs américaines : les chemins de fer. — Revue littéraire. — Expédition de l'Indo-Chine. — L'amour d'un esclave (suite). — Astronomie, avril 1858. — Avis divers.

Gravures : L'île d'Or et la ville de Koua-Tcheou reprise aux insurgés chinois par les Impériaux. — La promenade de Longchamps au bois de Boulogne. — *La Spasimo*, tableau de Raphaël au musée de Madrid. — Chemins de fer américains : pose des rails ; passage à travers la ville de Burlington ; station du fort Washington ; un temps d'arrêt dans la neige ; tranchée dans le roc ; pont-viaduc en Transylvanie. — Indo-Chine : la ville de Canton, vue prise du quartier général ; la porte du Nord ; cuisiniers et restaurants ambulants à Canton ; pont et marché à Canton. — Phénomènes astronomiques du mois d'avril. — Rébus.

Histoire de la semaine.

Les nouvelles politiques étant rares, on s'occupe, particulièrement à Paris et à Londres, de la nomination de M. le maréchal Pélissier aux fonctions d'ambassadeur près du gouvernement de la Reine. Sans craindre que cette nomination n'amenât des manifestations blessantes de la presse anglaise, on était loin de s'attendre, en France, à l'unanimité à peu près absolue qui a accueilli la décision de l'Empereur de l'autre côté du détroit. Si l'on se reporte en effet aux articles violents du *Times* et de quelques autres organes de l'opinion anglaise, dont l'animosité contre le gouvernement impérial s'est donné, dans ces derniers temps, si ample carrière, il était naturel de s'attendre à ce qu'une occasion si tentante fournît de nouveau prétexte à des commentaires blessants ; heureusement il n'en a rien été, et après un premier moment de surprise et d'émotion, suite naturelle de tout malentendu, la presse anglaise, mieux conseillée ou plus habile, a reconnu son erreur, et, par le langage qu'elle tient depuis huit jours, elle montre qu'elle est revenue à des

L'ILE D'OR (KIN-CHAN), ET LA VILLE FORTE DE KOUA-TCHEOU, reprise aux insurgés par les Impériaux. — (Voir l'article page 219 et suivantes.)

一八五八年，法国画报 *L'Illustration, journal universel* 铜版画页面刊印如诗如画的珠江风情。

LE MONDE ILLUSTRÉ

JOURNAL HEBDOMADAIRE

ABONNEMENTS POUR PARIS ET LES DÉPARTEMENTS :
Un an, 21 francs ; — Six mois, 11 francs ; — Trois mois, 6 francs.
Le numéro : 35 c. à Paris ; — 40 c. dans les départements.
Tout numéro demandé quatre semaines après son apparition, sera vendu 40 cent.
Le volume semestriel : 11 francs broché, — 16 francs relié et doré sur tranche.
La collection des sept volumes : 83 francs.

5me Année, N° 197. — 19 janvier 1861.

Bureau de vente et d'abonnement : 13, boulevard des Italiens, à la Librairie Nouvelle.
Direction et Administration : 15, rue Breda.
Chez P. A. ROQUES, 51, High Holborn, London, W. C.

Toutes les communications relatives aux dessins, à la rédaction ou à l'administration doivent être adressées au Directeur, 15, rue Breda.
Toute réclamation, toute demande de changement d'adresse, doit être accompagnée d'une bande imprimée et adressée à l'Administration, 15, rue Breda.
Toute demande d'abonnement non accompagnée d'un bon sur Paris ou sur la poste, toute demande de numéro à laquelle ne sera pas joint le montant en timbres-poste, sera considérée comme non avenue.

Entrevue du baron Gros et du prince Kong, le 25 octobre dernier, dans le palais des *Rites*, à Pékin. (D'après un croquis de M. D..., officier de l'expédition.)

一八六一年，法国画报 *Le Monde Illustré* 铜版画页面刊出上一年恭亲王在礼部会见英法联军代表，被迫签署《北京条约》的情景。

L'ILLUSTRATION, JOURNAL UNIVERSEL. 217

qui ressemblait à une caserne mal tenue; deux lions de granit sculptés, accroupis sur le perron, et deux géants, vêtus d'habits magnifiques et tenant leur barbe dans leur main gauche, gardaient la porte; ni les lions ni les géants ne m'ont barré le passage.

Ce palais, m'a-t-on dit, était celui du général tartare. Un peu plus loin, de larges allées de beaux arbres et des portiques élégants m'ont attiré; j'ai pénétré dans une cour immense et j'y ai vu sept mille petites niches de quatre pieds carrés chacune. C'est dans ces niches que les étudiants et les lettrés rédigeaient les compositions soumises aux examinateurs.

Le palais de la trésorerie n'a pas à l'extérieur un aspect moins gai; ce sont les mêmes portiques et les mêmes ombrages. On ne saurait recevoir de l'argent dans un lieu plus agréable.

Un peu las de mes courses, je me suis assis à la table d'un restaurant chinois: j'y ai mangé, dans des assiettes grandes comme des soucoupes, des œufs pondus l'année dernière, un ragoût de chien à l'huile de ricin et des limaces de mer; j'y ai bu, dans une tasse grande comme un dé à coudre, du samshu brûlant et du vin de millet. C'était, il me semble, à peu de chose près, le repas que fit à Macao mon compatriote, M. Laurence Oliphant. Comme lui, je m'essuyai les mains à de petits carrés de papier brun.

Décidément, le capitaine Lecoq a raison : la Chine est un drôle de pays.

Mais la Chine est bruyante, la Chine est sale, la Chine sent mauvais, et je me suis décidé bien vite à ne pas loger dans la ville, mais à retourner le soir coucher dans ma cabine de *la Fantaisie*.

M. Thomas Harrisson m'a donné, le jour où je lui ai fait mes adieux, une lettre d'introduction auprès d'un citoyen de Canton qui a gagné une honnête fortune à Singapore dans le commerce, et qui, modéré dans ses vœux, est retourné jouir dans son pays du fruit de vingt ans de travail. Chung-tso parle assez couramment l'anglais : voilà certes un Chinois précieux, aussi n'ai-je point envie de le négliger.

Ce matin je me suis fait porter en palanquin à la maison de Chung-tso,

Yamoun du général tartare, à Canton. — D'après un croquis de M. V. Léonard.

Types chinois. — D'après un croquis de M. V. Léonard.

dans la rue du Nord. J'étais en grande toilette et, avant de partir, j'avais eu soin de répéter plusieurs fois le *tchin-tchin* ou salut chinois devant ma glace, pensant donner par là une idée avantageuse de mon savoir-vivre à un homme avec lequel je tenais beaucoup à entretenir d'agréables relations.

Chung-tso n'était pas chez lui; je laissai la lettre de M. Thomas Harrisson et ma carte, sur laquelle j'écrivis au crayon que je reviendrais un peu plus tard.

En effet, dans l'après-dînée, je suis retourné chez l'ami de M. Thomas Harrisson. On m'a conduit dans une chambre assez petite, meublée fort simplement, où l'on voyait beaucoup de livres rangés dans des casiers. Les murs où étaient suspendus des rouleaux de soie de couleurs vives, ornés de peintures d'une finesse extrême ou couverts de caractères qui retraçaient sans doute quelques-unes des plus belles maximes de la philosophie chinoise, m'ont fait songer au cabinet de travail de Mlle Chân, dans le roman des *Deux jeunes filles lettrées*.

J'attendais depuis une ou deux minutes, lorsque la portière du côté opposé à celui par lequel j'étais entré s'est soulevée, et un gros homme à la figure riante et spirituelle, fort simplement et fort proprement vêtu, a paru sur le seuil de la chambre : c'était le maître de la maison. Chose singulière et dont j'ai été frappé dès le premier moment, Chung-tso ressemble prodigieusement à M. Harrisson : mêmes petits yeux gris, même regard vif et intelligent, même bouche aux lèvres bien dessinées, d'où il semble ne pouvoir s'échapper que des paroles gracieuses et bienveillantes; même embonpoint, même âge : Chung-tso est un Thomas Harrisson chinois, et Thomas Harrisson est un Chung-tso anglais. On comprend facilement que ces deux hommes ont dû éprouver l'un pour l'autre une instinctive sympathie. J'avais à peine eu le temps de faire gravement un pas en avant et de me préparer à exécuter, selon toutes les règles du cérémonial, le plus respectueux des *tchin-tchin*, que Chung-tso était près de moi, me serrait les mains avec une effusion véritable et me disait en anglais, avec un léger accent chinois qui n'avait rien de choquant: « Que l'ami de mon ami soit le bienvenu dans ma maison; le jour où je le reçois dans ma maison est un jour béni. »

Rue du Nord, à Canton. — D'après un croquis de M. V. Léonard.

一八五八年，法国画报 *L'Illustration, journal universel* 铜版画页面刊出广东景观，中间条幅描绘的是大清国各地百姓的形象。

THE ILLUSTRATED LONDON NEWS

No. 1083.—VOL. XXXVIII.] SATURDAY, APRIL 13, 1861. TWO SHEETS AND COLOURED SUPPLEMENT } TENPENCE

RETURN OF LORD ELGIN FROM CHINA.

No disaster of modern times ever excited a more stinging feeling of chagrin in this country than that which occurred at the mouth of the Peiho to the allied squadron intended to give both dignity and protection to the British and French Embassies to Pekin. It took the public wholly by surprise. It appeared to destroy at a blow all the fruits which we were preparing to gather from the Tien-Tsin Treaty. It inflicted a lamentable loss of life. It seriously damaged the prestige of our arms throughout the East. It threw us once more into the midst of the difficulties and uncertainties necessarily attendant upon a war carried on at a distance of 15,000 miles, with an immensely populous, although an essentially unwarlike, empire. It conjured up before us a vague prospect, equally perplexing and inglorious—perplexing, for who could tell by what means and at what risk the Imperial Court could best be reached and reduced to reason?—inglorious, for what lustre could our arms acquire in a contest wherein it seemed evident that all the superiority of warlike science, discipline, and equipment would be on our side, and all the slaughter on the side of the Chinese?

To estimate at anything like its due value the achievement from which Lord Elgin has just returned, it is necessary to recall to mind the aspects his mission presented, even to those best acquainted with China, at the moment when he started. We have only to recollect the number of problems, some of them not only mysterious but alarming, which were keenly, but most unsatisfactorily, discussed in the newspapers as inseparably associated with the enterprise, and look at them side by side with what he has accomplished, to be convinced that he was none other than "the right man in the right place." On what side the Court of Pekin could be approached, in what manner its fears could be best worked upon, how far our demands could be enforced without shattering to atoms the machinery of the Imperial Government, what dangers our troops would have to encounter from the climate, how far it would be safe for them to follow up the retreating foe, whence they were to draw their supplies, and to what extent military success would conduce to diplomatic submission and international agreement—these, and a score at least of other questions, were discussed by military, naval, and mercantile authorities to such an endless variety of conclusions that the British public could make out but one result in which they could place implicit confidence, and that was, that they were involved in a contest the duration, the expense, and the ultimate issue of which it was impossible to foresee.

To Lord Elgin, her Majesty's Plenipotentiary Extraordinary to China, mainly belongs the credit of having in a few months pushed his way through this crowd of uncertainties, obtained all he went out for, and returned to England without having lost an army, without having sustained a serious check, without having been overreached by mandarin duplicity, without having inflicted any large amount of suffering upon the Chinese population, and without having shaken the Mantchou dynasty from the Imperial throne. No doubt his success was promoted by the admirably-appointed, thoroughly-disciplined, and skilfully-led army which seconded his demands, and which, although it can hardly be said to have snatched fresh laurels from the field, acquired new renown from the precision of its movements, the completeness of its arrangements, and the moderation and self-restraint of its bearing. In this respect, it must be admitted, never was Plenipotentiary better served. But it is not every man who, when an instrument capable of doing anything he wishes is put into his hand, knows how to make the best use of it. Many a time have we struggled through a war with marvellous gallantry, only to find ourselves deprived of all its practical objects by the blundering of diplomacy; and many a time might we have snatched a much earlier and more advantageous peace had our diplomatists known what it behoved them to demand, and in what shape, and at what time, to demand it.

Lord Elgin's success is, perhaps, to be attributed quite as much to his moral qualities as to his penetration, skill, or firmness. In the first place, he compressed his demands upon the Court and Government of China within extremely moderate limits. There was nothing vainglorious, extravagant, vindictive, nor gratuitously humiliating in the terms he set out with insisting upon from the Emperor. "I hold you to your treaty engagements" was the sum of what he required from the Power who had evaded, if not violated, them. "All which you covenanted at Tien-Tsin to do shall be done," represents the substance of the Plenipotentiary's demand, with this appendix, "and you must pay some portion of the expense which your own want of good faith has entailed upon me." This was enough for the purposes of England; it was not too much for the ultimate self-respect of China; enough to humble, not enough to crush, her. In the next place, Lord Elgin knew when to forbear, and when to insist—when to show patience, and when promptitude. He could wait when it seemed expedient, and he could advance with boldness and rapidity when it was necessary. The very vengeance he inflicted was levelled at property rather than at persons, and was designed to punish the Emperor and his Court rather than the

WEIGHING THE COMPENSATION MONEY EXACTED FROM THE CHINESE FOR THE RELEASED BRITISH PRISONERS AND FOR THE FAMILIES OF THOSE WHO WERE MURDERED.—SEE PAGE 330.

一八六一年，英国画报 *The Illustrated London News* 铜版画页面刊出英法联军战役后，中国人正核算银两，准备支付战争赔偿金。

248 Supplément illustré du Petit Journal

ÉVÈNEMENTS DE CHINE

Massacre dans l'église de Moukden en Mandchourie

一九OO年，法国画报 *Le Petit Journal* 增刊彩色石印画，描绘庚子事变期间山东拳民攻击教堂、杀戮传教士与当地教民的情状。

Le Petit Journal

Le Petit Journal
CHAQUE JOUR 5 CENTIMES
Le Supplément illustré
CHAQUE SEMAINE 5 CENTIMES

SUPPLÉMENT ILLUSTRÉ
Huit pages : CINQ centimes

ABONNEMENTS

	SIX MOIS	UN AN
SEINE ET SEINE-ET-OISE	2 fr.	3 fr. 50
DÉPARTEMENTS	2 fr.	4 fr.
ÉTRANGER	2 50	5 fr.

Douzième année — DIMANCHE 20 JANVIER 1901 — Numéro 531

ÉVÉNEMENTS DE CHINE
Exécution à Pao-Tin-Fou

一九〇一年，法国画报 *Le Petit Journal* 彩色石印画描绘义和团失败后，清廷在联军监督下处斩首犯的情状，北京沦为大刑场。

翁云鹏：《景物 / 国庆系列一》。布面油画，一九九九年。

影像的影像

将电视机及其影像置入油画创作，是翁云鹏十余年前给出的提问：当我们每天观看“新闻联播”时，是否看见了“电视”？

现在，翁云鹏将电视影像置入数码影像——包括字幕——他的提问变成：当我们每天打开电视，是否真的在解读？

本雅明、巴特、麦克卢汉、波兹曼、鲍德里亚，想必会对翁云鹏的作品大感兴趣，并调整他们关于影像与观看的理论。可惜这几位追问传媒文化的智者过世了，而人类不会停下来想想他们的警告，每天继续看电视：如今电视节目有增无减，DVD 与 VCD，汹涌上市，更有无数网络视频随叫随到，争相勾引我们永不知足的观看欲。

注　本文收入《草草集》（广西师范大学出版社，2014 年）。

翁云鹏的这批数码图片全部取自电视屏幕，使移动的图像变为固定图像，滚动的字幕则被截断上下文，变为一句话——仿佛是向麦克卢汉的汇报，这批图片的每一画面似乎表明：是的，您说得对，媒介就是讯息。尼尔·波兹曼可能从旁补充道：别管那是什么讯息，别管它有什么意义，电视的全部意图就是要你保持盯着它看。

这是一批无须细看，无法读懂的影像图片，然而又好看，又雄辩。墨索里尼、萨达姆、床头的男女、“9·11”火焰、伊拉克人、耶稣、军舰、教堂、儿童……还有世界名画的美丽局部：倘若按照巴特关于照片的“刺点”理论，它们吸引目光，刺激潜意识，停在一句没头没脑的话，锁定并抹杀那句话与图像的关系。

在连续播映的电视影像中，字幕是与影像叙述同步的文字叙述。现在翁云鹏使这双重叙述突然停顿、静止，“刺点”——我不知道这一现象该不该叫作“刺点”——出现了：有些文句与画面对应契合，有效行使图文解说，大部分句子则在影像叙述被快门截取的一瞬，停顿、呆住，与画面毫不相干，突兀、滑稽，然而煞有介事——我们笑了，正如波兹曼引述赫胥黎在《美丽新世界》中的警告：娱乐时代的要义就是纵容我们发笑，而且不知道为何发笑，也根本不想知道为什么笑。

没有意义。意义被彼此抵消。太多影像无时无刻不向我们倾销意义。对意义无所适从的人，于是发笑。

可是翁云鹏无意逗笑，那是电视放映的真实瞬间，是我们密集的日常经验。电视节目与碟片影像无不带着字幕，详细解说，絮絮不断，当然，要不要看下去、读下去，取决于我们：当被快门扣留的一瞬——千分之一秒？——这些图文的变换速度正如摁下遥控器转换频道一样，骤然消失，骤然呈现，我们早经习惯这专断而任意的观看经验，这经验，属于坐在电视机前的每一个人。

这些图片的搜集、筛选、分类、组合，近于游戏，几乎多此一举，然而讯息猛烈，无可辩驳。字幕与画面的彼此错位，仿佛大有深意，暗示上下文，但绝对孤立，与画面内容构成诡谲的对应，或不对应。

是谁撰写了这些说明词？它们有如格言，自洽、完满、富于修辞和逻辑，简直警句，但我们绝不因此更笨，或更聪明。波兹曼关于阅读时代与看图时代的二分，在翁云鹏作品中得到逸题式的回应：我们确是看图的白痴，然而文字阅读并未退出“观看”经验，现代人在接受海量图像讯息的同时，每天阅读数不清的文字，当然，不是读书，不是印刷品时代的专心致志，而是图文解读的同在经验，飞快扫视，迅速知道，等待下一画面、下一句话，乃至无穷无尽，每日每时——翁云鹏摁下快门，有如喝止与打断，使我们的目光如影像般停格，然后他递上了这份影像文化的抽样调查与微观报告，成功地刺激阅读，同时，阻断阅读。

翁云鹏影像作品六幅，全部是从电视画面截取。请注意画面中的字幕。

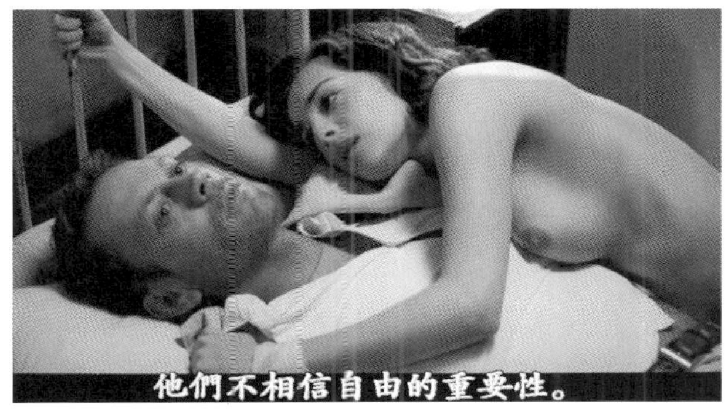
他們不相信自由的重要性。

無産階級革命總是
用他們自己獨有的方式

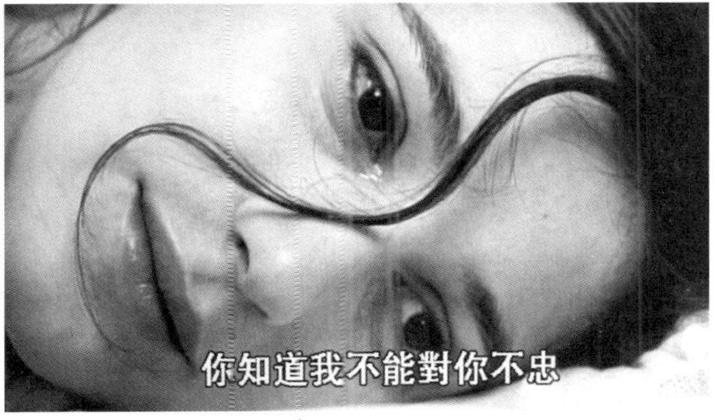
你知道我不能對你不忠

这是一组被绝对化的经验，但来自绝对日常的经验，来自电子产品——电视与数码相机——无比精确而公正的技术流程。在图文影像的搜取过程中，翁云鹏不仅选择画面，更要疾速判断字幕说明中的某一句话：一刹那，画面从连续影像的完整叙述中被剥离，不但图文错位，而且被锁定，成为单件的作品，或者说，一个脱离了叙述链和意义源的遗失片断。

譬如，光芒万丈的耶稣像，中英文字分明写着："那不是真的。"又或者，在数十幅同样姿势同样位置的斯大林图片中，每一幅有每一幅的不同文字……这不是作者事后的手段：他不必这么做，一切已被影片导演做过一次了，翁云鹏只管揿快门。他不是在截取画面，更改叙述，而是，攻击我们对电视与文字的双重信任。

奇迹发生了：画面被自身篡改，但仍然是那个画面，叙述被打断了，但仍然行使叙述——为耶稣图像配置的那一句话绝对是真的："那不是真的。"

如今我们与影像传媒的关系，已非信任，或不信任，而是交付给影像，委身其间。翁云鹏持续致力于影像的凝视，似乎固执地想要明白，电视究竟在做什么？人应该拿电视怎么办？从他前期油画中的那枚电视，我们回到自己的周围，在这批图像作品中，有如电视屏幕的反光，我们看见了自己，以及我们的阅读。在翁云鹏的画布上，电视"不是真的"，只是"画"，现在这批对影像忠实复述的影像，是"真"的吗？

从画笔到数码相机，从画布到影像复制，在试图挣脱影像逻辑的过程中，翁云鹏的目光曾经移向电视机之外，以画笔描绘零乱的周围，现在他将数码相机对准电视机的边框之内，审视无所不包的影像节目，忽然，在视频的上端或下端，他“发现”了振振有词的说明文字。

迄今我尚未见过如此彻底的影像作品，经由复制的复制，翁云鹏以影像的假象为我们揭示了电视的真相，而这微妙的真相，为他制作了眼前这批真假莫辨的作品。倘若我们有感于这真假莫辨的影像，或许此后会以另一种目光，打开电视机。

二〇〇九年四月八日写在伊斯坦布尔旅次

卡蒂埃—布勒松向来拒绝被拍，这幅他年轻时代的照片，弥足珍贵。

历史与照片

在有关中国现代历史的影像中，目击政权变更的照片，并成为经典，谁能与卡蒂埃–布勒松一九四九年京沪之行相比拟？当然，他是布勒松。但如他的名言“决定性瞬间”，倘若错过一九四九这一“决定性”年份，他的北京摄影——他也去过莫斯科或东京——恐怕就缺了一份无可褫夺的历史价值。

人与历史的遭遇，历史不知道，人也未必知道。败退前夕，国民政府为布勒松签发四十天入境签证时，想必不晓得他在西方的大名，更想不到这个人的锐眼将如何见证国共两党的决定性胜败。六十年过去了，海峡两岸均无意出版布勒

注　本文是为刘香成《中国：1976—1983》（世界图书出版公司，2010 年）一书所写序言。后收入《草草集》（广西师范大学出版社，2014 年）。

松这本中国影像专集，二十世纪五十年代和九十年代，欧洲人倒是一再出版了，再版简装本封面是上海街头的胜利大游行，出现毛朱的肖像——即便长寿而多产如布勒松，这份影像档案也称无可替代：在他毕生拍摄异国的大量作品中，往往是某一国家有幸遭遇这位摄影大师，但在一九四九年，我相信，是他有幸邂逅了巨变的中国，一如那一年之于中国历史的决定性。

一九七六年，本书作者刘香成以《时代》周刊美籍华裔记者的身份，派驻广州，一九七八年北上京城，一九八四年离开。这期间，他与布勒松一样，没有辜负历史的幸运。但是当年的中国人，连刘香成自己，并不知道被称为“第二次解放”的一九七六年及此后启动改革开放的决定性年份，将成全这位西方记者最重要的作品，而这批摄于七十年代末八十年代初的中国影像，为历史关头留下了驳杂而确凿的见证。

自一九四九年到一九七五年，法国、英国、意大利、荷兰、日本等国的友好人士数度来到中国，走访各地，拍摄新中国的照片和电影，日后流传西方——伊文思于五十年代末拍摄了苏南乡村土地革命的动人纪录片《早春》，安东尼奥尼的《中国》则是目击“文革”日常百态的唯一影像作品——但这些作品展示毛在世的年代，是西方左翼人士眼中的新国家与理想社会：宁静、质朴、恒定，望不见终结。而刘香成的北京之行似乎一举终结了此前西方的中国影像：他追踪这个巨大国家在毛泽东逝世后的庞然骚动，这骚动，不但大幅度改变了中国，目下正以未知的能量，改变世界。

我真想知道，但凡活在一九四九年的中国人，亦即我们的父辈与祖父辈，过了三十多年看见布勒松镜头下的京沪，会触发怎样的感念？而我活在一九七六年的中国，正当年轻，如今完整看到刘香成这些照片，也竟倏忽过去三十多年。

在布勒松与刘香成目击中国两次“解放”的两组作品中，一切已成为绝版的历史：并非仅指照片本身，而是照片中的国家事件与社会形态，均被历史吞噬，不可能重演了——一九四九年春，我的父亲在上海街头目击解放军入城，还在日后改建为人民广场的跑马场听过新任市长陈毅作报告，当其时，父亲哪里知道有位法国摄影家在场；一九七九年深秋，我在王府井中央美院听取“星星画展”成员的讲演，又岂知几天后有位美国记者混在星星成员游行队列中，一路跟到北京市政府门前的台阶，从画家马德升身后，拍摄了密密麻麻围观的人。

在这两组历史照片中，没有人预知，也无从想象国家在后来的岁月中将发生何等巨细无遗的变化。举个小小的例子：父亲告诉我，自陈毅调离上海后，新任市长柯庆施全面禁止交谊舞，这一禁，近三十年，直到刘香成来到北京之际，交谊舞始得获准恢复；而当星星群体的游行镜头一九七九年在西方媒体公布时，全世界没有人预见三十年后的北京布满当代艺术群体，包括欧美各国的机构与画廊。

不必描述这本影集的精彩片段，每幅照片带着无数细节，叙述历史。那年代刚出生或未出生的晚辈将会怎样巡视这些照片？瞧着父祖个个穿着中山装，一脸前消费时代的神情，他们会怎样想？或者，今日的大学考生对刘香成镜头下就着天安门广场的路灯刻苦阅读的青年，是无从感应，抑或有所触动？我们，毛时代的过来人，则会在影集中处处认出自己，熟悉、亲切、荒谬，伴随久经淡忘的辛酸，并夹杂轻微的惊愕：我们果然活在那样的年代，与国家的过去、外间的世界，两相隔绝，而大家分明欢笑着，为了刚刚恢复的政治名誉，为了美容与烫发，或者，仅仅为了一台冰箱、一副廉价的进口墨镜……看见吗，照片中的男男女女都对未来满怀渴望、希冀，而这希冀的背后，种种人性被长期扭曲而不自知，长久压抑而无从舒展。现在，这些照片以那几代人的面相与神态确凿证实：我们，亿万人，陪着毛泽东度过了他在世的时代。

这本影集的初版题为“毛以后的中国”，但在所有照片中，毛仍然无所不在：并非仅指其中各种各样“文革”遗留的毛泽东像，而是毛时代为我们的集体表情所烙下的深深印记——从中南海到全国城乡，有哪位中国人没有这烙印？记忆，会自动解读那烙印深处的历史故事，这故事，属于国家，属于毛时代的每一个人。

就我所知，在布勒松与刘香成来到中国的前后，不少本土摄影人也留下令人难忘的中国影像，例如民国的方大曾及左翼摄影家沙飞；六十年代，则有李振盛震撼人心的“文革”影像以及“四月影会”成员摄于七十年代的生动作品。所有这些摄影，如今，往后，愈显珍贵，只因历史遗存的文本，论雄辩，无过于影像，唯余影像——时间与记忆在照片中会合：其中的人，成长变化，在端详照片的一瞬，再度为历史的人证。

布勒松与刘香成有幸。他们看见自己的作品结集成册，献给照片中的国家与人民。问题是：我们愿意接受并同意外国人眼中的中国么？在本土中国摄影与西方人的中国摄影之间，不论作何观感，我们是否发现其间的差异？如何解读这差异？因此，最后的问题：为什么近百年来格外真实而准确的中国影像，其作者，往往是来自域外的人？

这是可以解答的问题，然而难以解答。它的答案，如果它有答案，仍然来自历史：来自西方摄影背后的历史，还有，我们在中国亲历的历史。眼下这份影像报告，请注意，包括刘香成的自述，已然透露这答案中的历史，以及，历史中的答案。

二〇〇九年八月十四日写在陇东杏树村

我真想知道这个男孩现在在干什么：公务员？公司老总？出国了？还是当了老师？

正在成长，正当青春

读任曙林中学生系列摄影

眼前这些照片中的青春少艾，今已过了不惑之岁，为人父母了。他们可曾记得三十多年前有位经年累月泡在校园里随时窥视的摄影人？

一九七九年，任曙林二十五岁，比他镜头前的孩子们年长十余岁。这是微妙的年龄：距中岁尚早，青春则已消殒，他分明是在凝视过去的自己；当然，孩子们更在妙龄，不再是儿童，亦非青年，英语将所有十三到十九岁的孩子统称为“teenager”——将要成长，正在成长，少不更事，而一切人世的感知已如三春的枝条，抽芽绽放了。

这组摄影温柔而敏感，以致不像摄影，而是悄然的凝视，凝成永逝的八十年代。那是中国都市处于前现代文化的最后

注　本文是为任曙林《八十年代中学生》（新星出版社，2011 年）一书所写序言。后收入《草草集》（广西师范大学出版社，2014 年）。

一个十年，北京自五十年代以来的校园风格在那十年中，临近终结，此后，九十年代，新世纪，遍布北京校园的朴素设施、朴素装扮，大抵换代更新了：五六十年代的房舍、旧式课桌椅、木质黑板，改革初期的成衣，平民孩子的穿戴，辫子、粗布鞋、国产的球鞋，包括女生倚傍携手的姿影……莫不连同每幅照片中无所不在的八十年代的神态，逐渐地，永久性地消失了。

身为历届政治运动和社会实践的幼小群体，共和国早期摄影中的少男少女，很少，甚至从未成为他们自己。改革开放迄今，“teenage”男孩女孩的影像迅速增添，多数是漂亮的演员、模特，成为被装扮、被预期的角色，此外就是当今校园形象划一的符号，不见个性。乡村少年倒是并未在现代中国摄影中严重缺席，不论作为早先的幼龄公社社员（欢笑着，劳动着），还是如今纪实摄影中的失学孩童或小民工（穷苦着，挣扎着）……在一个人性从未充分表达的国度，少年儿童只是被社会摆布而利用的次要群体。可是略微察看西方摄影所捕捉的人群，我们会迎对许许多多孩子，如幼兽，如青苗，与成年人一起，构成无穷丰富的人性图谱；欧美电影，至少有一打以上的经典是以半大不小的男孩视角，叙述历史。

在半个多世纪的中国影像中，就我所见，第一次，有位摄影家如任曙林，使他的镜头所对准的每一位中学生，仅仅只是少年，仅只意味着年龄，带着唯年龄所能揭示的全部生命感，饱含青涩岁月的萌动、稚弱、希冀，以及唯少男少女

八十年代的教室、桌椅、书包、白衬衫、小辫子，在今天的大都市中学还有吗?

浑身蕴蓄的神秘感。这本影集中的大部分篇幅集中于北京东城区重点学校一七一中学，除了上课时间，孩子们在校园内度过的几乎每一角落、每一瞬间，均被摄入。但这不是校园摄影，而是一部关于青春密码的视觉文本，其中最为动人的注目，指向孩子们在课余闲暇的踟蹰、无聊、发呆而出神的一刻。

而八十年代是连空气中也满溢憧憬，何况少年期正是憧憬的年岁。国家的劫难、噩梦，过去了，当年这群中学生其实不很记得，更不了解在他们幼年，父母与家国发生了什么，不知道他们归复正常学业后，被社会赋予怎样的期许。而他们还是宛然发呆了：在课间，在走道与操场，羸弱而轻盈，一身一脸青春的无辜。

任曙林的凝视一次次聚焦于同学之间的关系，在门边墙角，在散学前末一堂课的间隙，女孩与女孩，男孩与男孩，当然，还有男孩与女孩，群相倾谈，个别私语，或只顾无所事事地站一站，于是友谊的初始，未来的茫然，暧昧的性，未觉而将醒。作者的镜头甚至不必对准孩子的脸，只是背影，只是脚与鞋，只是走廊尽头的空墙，年少之人的懵然与欣悦，已在言说，一如他们八十年代的衣装尽是岁月的细节，为照片所洗，随之成为黑白。

任曙林是“文革”后“四月影会”三届展览的早期参与者，师从狄源沧先生，是“文革”中接受西方现代摄影启蒙的第

上图：瞧这帮小子。中图：饮料、蜡烛、小聚会，在八十年代校园既时髦又奢侈，长痣的女孩显然 high 了。下图：他俩……

她呢？如果她有女儿，也该这么大了吧——所有照片中的孩子见到过这些照片吗？我要问问任曙林。

一代青年。日后，与他同代的摄影家开始了日趋多样的影像实践，而任曙林选择了中学校园。始于一九七九年，他以长达八年的追踪，为我们留下这批影像。当马拉美说“世界归存于书本”，时在十九世纪，而摄影经已诞生，此后，我们可以说，岁月乃归存于照片——人与岁月，还有比青春年少的那一段更其短暂而回味无穷么？问及任曙林何以选择了一群中学生，他说，其实人生的一切，在那时，在校园，已然萌发，并且决定了。

是这样么？我们不能询问照片中的孩子，无妨细细自问。二三十年过去了，这群孩子如今已较当年的任曙林更为年长，到了回望别家的少年的岁数了，甚或他们的孩子已是初中生。这二十多年间，还有哪位摄影家亦如任曙林，属意于校园，窥探少年人的身影与内心吗？我很希望这批照片能使今日辗转于考试之苦的中学生们看一眼，而在我辈眼中，永逝的八十年代，可能唯余这批照片能使我们蓦然遭遇从前的自己。

二〇一〇年四月二十日写在北京

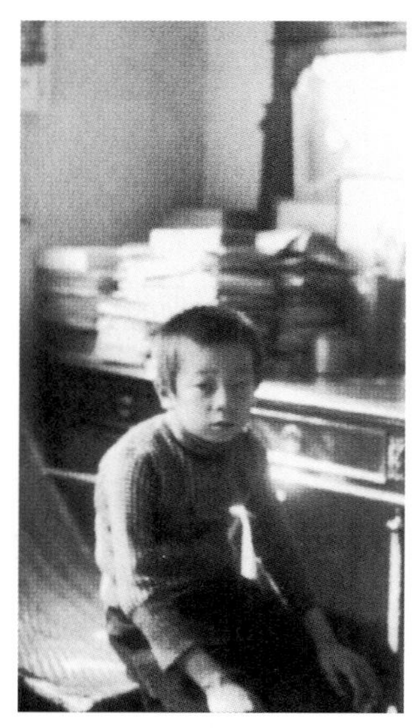

左图：这位打扮成解放军战士的孩子，是鲁迅的孙子周令飞，周海婴摄于一九五九年，当时令飞六岁。右图：周海婴，摄于一九三六年十月，鲁迅逝世后数日，时年七岁。

善良的观看

谈海婴先生摄影作品

今年是鲁迅诞辰一百三十周年，春天，海婴先生逝世了。看到讣告的第一念，我眼前不是暮年白发的海婴，却是一九三六年鲁迅过世才几天，海婴坐在父亲书房藤椅上的那枚照片：一个七岁的丧父的男孩。

我有幸见过海婴先生三四次，斯文谦抑，老派上海人。末一回见他，是在二〇〇九年海婴先生摄影展宴席上，人很多，他不断从座中站起，接受敬酒，随口说几句自贬的笑谈，显然有老来头一次办展览的那份轻微的惶然。上一年，我被令飞兄领到海婴先生的木樨地寓所，老人家正为展事整理照片。他从书房出来，爽然坐下，上身凑近我和电脑，说，你看看

注　这篇文章收入《草草集》（广西师范大学出版社，2014 年）。

哪些可以展呀——这一刻唤起我很久很久前的记忆：小时候，上海中产阶层的父辈对孩子，常是这种男性的蔼然而大气——才看十余帧照片，我暗暗惊讶了：这莫非是另一套布勒松式的上海摄影么？时在政权更替之际，海婴年方二十岁。

鲁迅从文，自小酷爱画画，海婴专攻科技，终生喜欢拍照。说来并非虚妄而牵强：这对父子有迹可循的遗传，是迷恋图像，敏于观看。

早在一九〇四年，青年鲁迅即痛感于围观行刑的镜头，以致弃医从文：此事非仅关乎道德层面，更触及影像传播的文化命题。上世纪初，西方日后繁复万端的影像论述远未出现，直至九十年代，始有域外学者专文剖析鲁迅此一公案中“看”与“被看”的多重关系和复杂隐喻，而鲁迅当初的痛感，早经浓缩了八十多年后的论题。他对影像传播的预见还在二十年代的一次谈话，说是日后教学必将介入幻灯（今称“多媒体教学”）。客居上海的鲁迅还是一位热心的电影观众，也喜欢拍照，海婴诞生百日，一家人就打扮整齐，去照相馆。鲁迅的杂文几次谈及摄影，均有独辟的见解。

要之，鲁迅于古老的文字与绘画之外，格外瞩目新兴影像媒介。欧陆第一批洞见摄影从深处改变传播功能的文人，是十九世纪的波德莱尔和上世纪“二战”前夕的本雅明；五四一代见及于此而有所阐发者，就我所知，似唯鲁迅而已，刘半农谈过摄影，究竟浅得多。今日中国已在数码影像时代，影像研究的译著很不少，据此而喋喋议论的本土文人渐渐多了，但如鲁迅般锐利而准确的直觉，还是罕见。

在鲁迅书信中，海婴好奇而顽皮。这位迟迟生育的父亲过早离世，再不知男儿日后将有怎样的才志——世人，自不免将海婴永远认作鲁迅的儿子，这是他毕生为人的难——鲁迅想不到孩子会当上无线电专家兼人大代表，更想不到海婴的热衷摄影，承续了父亲热衷观看、富于同情的天性。

青年海婴瘦而高，梳着分头，西裤马甲，是我幼年常见的上海富家儿模样。说海婴富家儿，不确切，他与母亲曾有过艰难时光，但晚年鲁迅的山阴路寓所，及后母子俩迁居的霞飞坊，均为中上阶层住宅区，直至“文革”前，那一带老少男女走出来，便是这等气质与扮相：干净，入时，适度讲究，归于有教养的质朴。解放后，母子俩成了高干阶层，青年海婴的一脸单纯，正是当年典型的名流子弟。

在上海，在相对宽裕的知识家庭，海婴十岁即摆弄半导体和照相机，再自然不过——五六十年代和整个“文革”期间，一个少年人拥有自己的照相机，百千之中不及一二——可喜海婴终生葆蓄这份业余爱好，唯从不声张。相较父亲的书写生涯，海婴拍照，毫无野心，他甚至不曾设想这堆胶片的珍贵：这是潜藏摄影自身而被时常错失的见证价值，缓缓显现，有待岁月，关乎记忆，关乎记忆的淹没，或者缺失。

半个多世纪过去，现在，这批照片捕捉的四五十年代中国社会形态的大量细节，包括政权交替之际若干政治人物，成了那段历史的孤证。以下朱其的评语，允为中肯：

> 建国六十年来，关于新民主主义十年时期的影像都是公共意识形态或者国家主义的政治图像，迄今未曾发现过像周海婴拍摄的如此数量惊人的有关那一时期的私人影像，原因在于，当时拥有照相机的人群不是太多，而且一般也没有多少人会在建国后选择歌颂主流之外的私人角度，来摄取宏观的“解放”市景下的众生相，即使有类似拍摄者，大部分照片亦在“文革”中被销毁。

朱其并且说：唯一能够与之并列的同期摄影，是一九四八至一九四九年间法国人亨利·卡蒂埃–布勒松在中国拍摄的伟大作品。

或曰：一位法国资深记者与一位上海弄堂青年的照片，能够对应么？事涉影像，历史别无选择。而影像的雄辩，非仅定格于天才的“决定性瞬间”，同时，取决于历史的“决定性地点”：当一九四九年中共军队大举南下、民主人士群集北上，布勒松与周海婴的镜头正在对准中国现代史关键时刻；这两个家伙紧握照相机，在解放之初的上海街巷穿梭游荡……这时，历史确实等候摄影者给出犀利精准的一瞥，但摄影者的“在场”，或许比“决定性瞬间”更具决定性——从当年航向东北的油轮上，我们无法确知有没有其他摄影人，但周海婴在。他不是记者，没有任务，是他母亲的随行家属，带着照相机：在甲板上，车厢中，会议间隙，没有人会拒绝鲁迅的公子为他们拍照，沈钧儒、黄炎培、马叙伦、郭沫若、侯外庐……都算是海婴的叔叔伯伯，他们看着他，如对族中的晚生。

相对布勒松的锐眼和政治敏感，一九四九年前后的周海婴是位时代的处子；相较北上政客极度亢奋的群体性天真，海婴更是个处子：他对甫告诞生的新中国的热爱，等同年轻人的好奇，他的拍照的冲动，源自大男孩渡海远航的兴奋。再精明的职业记者也难获准跟随这趟秘密旅行，尤难接近当时作为高端政治筹码的名流，但海婴全程在场，坦然面对所有人，然后，揿下快门。

而上海解放初期的那批摄影，对人对事，不存偏见，家人、亲友、邻居、小贩、乞丐、庆祝游行、夏季水灾、同学郊游……倘若留意照片处处透露的好心情、和平感，及内战之后的生活憧憬，是因海婴正当恋爱：那幅构图舒展、意气欣然的自拍照——几位青年环绕着大树——正中间的女子便是海婴的意中人，她是那组照片里再三出现的沪上三姐妹之一，日后嫁给了海婴——爱意，新中国，正当年轻，同时眷顾这位迷恋拍照的公子，如晨曦，照亮了海婴那一时期的全部照片。没有冲突、阴郁、痛感，也不见丝毫政治意识和宣

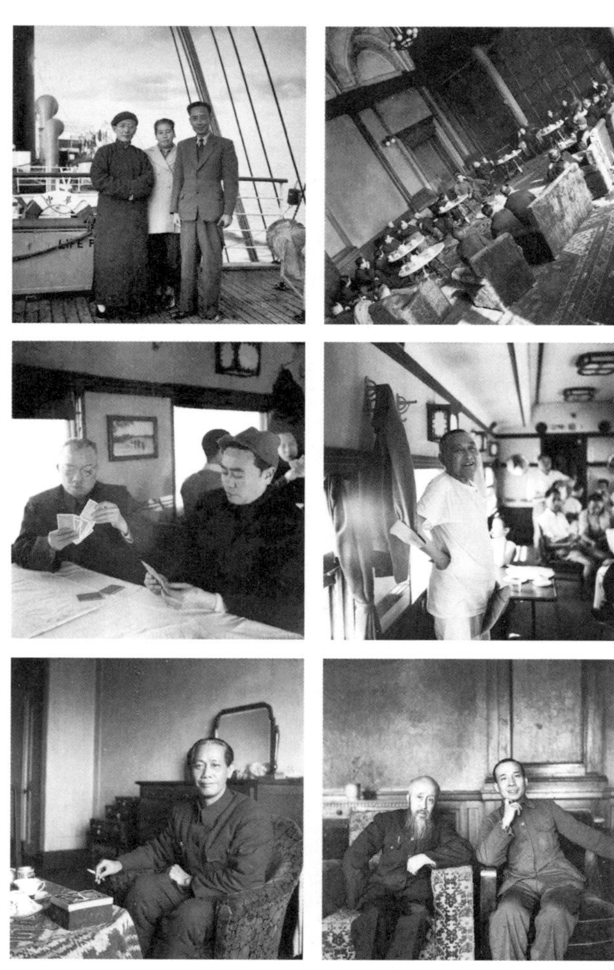

上左图：由香港开往东北的华中轮，图中左起，郭沫若、许广平、侯外庐。鲁迅要是活着，会跟郭沫若一起合影吗。上右图：到沈阳以后民主人士就在铁路宾馆讨论新政协会议的召开。中左图：轮船抵达丹东后，众人坐火车去沈阳，图为李济深与朱学范打桥牌。中右图：黄炎培在火车上致词。下左图：国民党将领蔡廷锴在沈阳铁路宾馆。下右图：李富春与沈钧儒在宾馆合影。以上图片，均由周海婴摄于一九四八至一九四九年。公开发表的此一旅程和会议照片，迄今恐怕独此一份。

上下图：五十年代的上海，穿着与风习和民国一样。图为当时在教堂举行的婚礼，摄于一九五〇年。中左图：一九四七年，海婴与朋友们摄于上海的公园，前排正中女子日后嫁给海婴　海婴本人坐在她身后。中右图：海婴的女友（右一）与家人在黄浦江游艇，摄于一九五〇年。

传性。在周海婴的目光中，可见的世界是他的母亲及其长辈，是他生长的大上海，还有，他爱慕的人。即便是穷户与乞丐的悲苦相，也构成一张张望之善良的照片。

布勒松的新闻摄影和周海婴的私人照片，分别留取了一九四九年前后的中国的真相。同一座城市，同样的市民，在布勒松那里，我们看见时代崩解，政权的胜败；在周海婴那里，生活之流并未切断：战时的纷乱过去了，日后的政治严寒尚未到来，民国的上海，风神如昔。甚至在我六十年代的童年记忆中，海婴拍摄的人物与弄堂，几乎未变：街坊邻居住满老上海市民，彩车上的肌肉男被路人围观仰望，殷实家庭的琐碎讲究和婚宴扮相残存着民国的余绪，宗教仪式已被禁止，我不记得儿时见过牧师与信众出入教堂，但始于一九五九年的饥荒年代，我家弄堂口也常坐着来自皖北饿乡的乞丐……是“文革”中断并扫荡了所有人的面目神情和生活方式。只消略一翻阅《老照片》系列，不算清末民初那一段，中国无数照片中人文样貌所呈示的裂变，始于一九六六年，其时海婴将届不惑之年，儿女成群，很少拍照了。

晚年的海婴重拾摄影，有一幅胡风之子与胡风遗孀的家庭照。那是劫难后幸存者重聚的一瞬，凝着隔代沧桑：鲁迅的公子拍摄了鲁迅的学生的公子，在这幅照片中，海婴早岁摄影的纯真感，消失了，唯余老来的凝视。观览这本私人相册，共和国初年的明快影像，已是遥远的斑痕。

永逝的五十年代，永逝的老上海。我猜，布勒松会乐意看看这批照片，欣然核对他曾短暂游荡的这座城。

由文学而著名的鲁迅嘱咐孩子莫做“空头文学家”，由父亲而著名的海婴，毕生谦抑，藏着自以为无用的“记忆”，未敢示人，以至不知其珍贵。这对著名的父子各自见证了时代的嬗变，两代之隔的言说方式，则分别选择了嬗变的媒介：在书写时代，因苦闷而呐喊的慈悲心，鲁迅以入木三分的文学描述清末民初的众生相；在影像时代，因善良而观看的好奇心，海婴悄然自喜，沉溺摄影，留取民国末年接连共和国之间的韶光。

海婴先生过世了，他早就完成的遗作，就是我们有幸面对的这些照片。终生承受鲁迅的盛名，同时，长期被权力，也被公众，有意无意摒除在这份被剥夺被掌控的文化遗产之外，晚岁，海婴从《我与鲁迅七十年》的书写中，抬起头来，正视自己，并赢得正视；暮年，海婴含笑拿出这份被他自谦为业余的、封尘六十年的照片：一组迟迟告白的心事，一幕被隐藏的剧情，在这批意外出现的照片中，我窥见唯父子间才会牵连的内在理由。我说不出这是何种理由。做鲁迅的儿子，难有作为，无须作为。临终前的海婴，是这样地带着一份自己的作品，回向父亲身边。

二〇一一年九月一日写在北京

当代画家景柯文常给我发来网上搜到的民国老照片，我特别喜欢这张无名照片，还有照片中的无名氏。至少八九十年过去了，这一瞬好似今天、此刻、刚才……

摄影与黑白

清末民初，赶上欧洲人发明了摄影术。人一旦手里有个照相机，就想到处拍照，拍着拍着，从欧美一路拍到遥远的亚洲，拍到中国来：这里收集的中国影像都是洋人拍摄的。洋人拍摄，据说揣着异国的眼光和心理，不尊重我们啊，老看见落后面啊，等等，好像在洋人所见之外，藏着另一个清朝与民国。

后来中国人拍摄中国的照片，陆续出现了，和洋人眼中的华夏，大抵差不多：清末的辫子、破损的城墙、城垛下歇着骆驼、扬子江挤满帆船……清末官员一身官服，一脸古板，民国三代四代之家的合影，既有洋装，也有长袍，此外，新兴的广州与上海，荒远的穷乡与边陲，在照片中合成二十世

注　这篇文章收入《草草集》（广西师范大学出版社，2014 年）。

纪初叶的旧中国——镜头没有偏见。百年过去，倘若没有其他影像足资替代，我们要想看看自己的古国新朝，看看父祖的容颜扮相，只能是这些洋人留下的影像孤证。

美国《国家地理》杂志创刊于一八八八年，自一九〇〇年前后到一九四九年，持续刊发中国影像，这些影像，前后衔接帝国崩解、民国创建的全程。其中最珍贵的图像，是在清末民初之际：广州、上海、汉阳、天津，洋楼早经矗立，但整个中国乡镇的景观，各色人等的扮相，大致仍如光绪年间。其时，美国与西欧大部区域，已是现代国家，现代公民打开地理杂志的中国专辑，眼前便是这样一个古老的帝国。

自十九世纪中叶到上世纪“一战”后，所有照片都是黑白的——人工涂色的早期彩色照片，斑驳晦暗，如年代久远的遗物——这是一件神秘的事情：黑白照片，成功地使人类的历史想象变成单色：十九世纪的巴黎、柏林和青岛，是黑白的，俾斯麦、伊藤博文或慈禧太后的脸，个个面无血色。是的，黑白——虽然黑白也是颜色——但摄影史没有别的选择。谁也不会怀疑凡尔赛宫和紫禁城的金碧辉煌，然而我们对十九世纪照片中的这两座黑白宫殿确信不疑，而且，论价值，论历史感，逾百年前的黑白老照片远远超过彩色照片的同类主题。

照片的核心价值，不在事件与物象，而在时间——罗兰·巴特曾经写道：一幅早期拍摄的伯利恒照片，具有令他“晕眩”的三重时间：两千多年前耶稣在这里诞生之时，近百年前无名摄影师摁下快门之时，以及，他本人观看照片之时——摄影的性格，非但取决于拍摄的一瞬，之后，时时刻刻，伴随光阴，在被观看的不同瞬间，引来不同的解读。

譬如，老照片里的中国一再出现晚清官兵执法斩首的场面，这古老刑罚虽未在民国消失，不过，多少作为一种文明的递进，民国初年公开展示的行刑，斩首已被枪决替代，如今，唯一能够确证斩首的视觉依据，无可辩驳，是摄于斩首年代的黑白老照片。

此外，遍布南北各省的寺庙、道观、佛塔、寝陵、庄园、碑石……是洋人拍摄中国景观的要项，一拍再拍，北方的名胜，江南的古镇，也是西方摄影家驻足流连的景观。近期我从拍卖行购得十数册二十年代前后英法摄影家拍摄的中国风景专辑，多么宁静优美的古镇，石桥浣女，帆影舟翁，一幅幅东方古国的田园画卷：洋人之于华夏风物的眷爱，犹胜于中国人。如今，除了举世闻名的景点，散布神州各地的古迹或被拆毁，或大面积淹没，或已面目全非，而前现代农耕文明的悠悠世景早已荡然无存。如此，这些黑白照片成了古国样貌的影像绝版。

时间的变数，即每张照片的命运，如巴特所言："此曾在。"归存于照片的中国历史，始于晚清。此前，明、唐宋、秦汉，只能借助文字和绘画的想象，欧洲亦然。自十五到十九世纪的欧洲绘画，提供了一整套精确可信的“真实效果”——意

以上照片发表于清末民初时期的美国《国家地理》杂志，当时的美国人就看这些照片，认识中国。上图：三峡船运。中图：从乡下来到满洲里的劳工。下图：满洲里初建的贸易中心。

上图：踩水车的农民。中图：紫禁城外那时居然是这样的，从照片上看不出几位农民站在什么庄稼地里，作状摘采。下图：扬子江边的货运。

大利、普鲁士、法兰西的教宗或贵族群像，大卫描绘的《拿破仑加冕礼》，等同一份当时的文献摄影——但在摄影诞生的一刻，人确认世界及其历史的方式，从此改变。当清末民初之时，中国人从西方同期摄影中所看见的那个西方，可能成为中国人心生集体自卑、向往现代世界的理由之一，在这现代性的无数向往中，包括摄影本身。

当《国家地理》杂志发行之时，伦敦、巴黎和纽约已是现代都市，现代都市的文明之一，便是摄影杂志刊印的各国景观，其中，包括处于新旧文明交替之间的中国。虽然，一九一一年的中国革命埋葬了漫长的帝制，艰难的现代化进程，开始了，但在发行欧美的这份地理杂志中，欧美公民目击的中国仍是一个近于中世纪的国家，他们知道，这就是那个帝国殖民版图中的落后国家之一；而辛亥前后的中国亿万老百姓，绝大多数不知道这份杂志，不知道他们的形象与家园，变成黑白照片，进入欧美家庭。

同样的错位早在一九〇〇年经已发生：那年，八国联军攻占北京的详细剧情同步出现在英国与法国各大报端，每周一期，布满图片，及时向欧美世界报道远在中华帝国发生的战事与谈判。当年，架构笨重，操作繁复，必须长久曝光的摄影大抵止于人物和风景题材，尚未介入时事新闻，欧美报刊的世界时事版以精工制作的铜版画与石版画，陈述事件，描绘中国——无论朝廷还是百姓，当时的中国人也不知道国家的灾祸正以报刊图片的方式，定期呈交列强首脑的桌面。近年，收藏家秦风先生从欧洲购得大量一九〇〇年前后的原版报纸，并在北京展出，我第一次目击逾百年前西方媒介怎样报道中国；而在一九八二年初到纽约时，我在旧书铺的古董版《国家地理》杂志中，迎面撞见这批清末民初的黑白照片——这就是现代化与中国、中国与现代化的关系。摄影，是这一关系忠实的记录者、中介者与传播者：旧中国的面目，因此被西方发现，新中国的急起直追，于是在本土起步。

今天，老照片中所有人物的子子孙孙早经见惯各种各样的彩色照片和摄影杂志，越来越多的中国人带着电子数码相机去到欧美国家，随手拍摄异域的风景——二〇〇七年，《国家地理》杂志与《华夏地理》杂志订立版权合作，今岁，为纪念辛亥百年，百年前刊于美国的中国老照片，回到中文版《华夏地理》：当初，我们的人民与家园被照相机摄取，印成照片，流布世界；那是旧中国凭借摄影留存自己古老风貌的最后机会，从此，中国一步步告别了帝制、混乱与贫弱，一如摄影告别了自己的黑白时代。

老旧帝国的影像记忆，似乎应该是黑白的。这批照片不仅是古老中国的记忆，也是摄影自身的记忆，这黑白的记忆，确证了时代与摄影的巨变。

二〇一一年九月二十二日写在北京

如今北大清华的校花、才子、女博士，穿上同样的衣裙，能拍出这样的照片吗？右起第一人，林徽因。

褴褛的记忆

我家五斗橱的抽屉，底层垫着旧报纸，轻轻掀开，手指探向深处，就能移出我的祖父的照片，如证件照片那般大。很久以后，我才知道这枚照片摄于淮海战役时期，之后，祖父逃往广东，再从海南岛逃去台湾了。

家里另有两三册影集，不必隐藏。五十年代的老式影集，内页是黑色纸版，每页贴满大小不一的家庭照，每一照片的四角，嵌入薄如蝉翼的小贴片——我至今不知这贴片叫什么，文具店照相馆都有卖，密匝匝装在小盒子里——父亲母亲童年成年的照片，各房亲戚和同事朋友的照片，还有我与弟弟自小及长的照片：全是黑白的，凡照相店拍摄的照片，四周

注 这篇文章是为冯克力《当历史可以观看》一书所写序言，后收入《草草集》（广西师范大学出版社，2014 年）。

必有齿形花边，通常，右下端落着照相店名的浅浅的钢印。

一九六六年抄家，书和影集抄走了（隔年，影集还了回来），记得抄家那夜，其实是翌日凌晨，满室狼藉，母亲打开五斗橱：他们当然搜查了每个抽屉，却忘了掀起那层纸——祖父的照片还在。

默默凝视照片，不想到这是一枚硬纸，相信影像中那个人就在眼前——从未面见的祖父，童年时代的母亲——这种纯真的经验，遗失很久了。自从学会拍照，自从彩色照片出现，自从累积了无数照片和底片，直到数码影像无节制占满电脑硬盘，总之，自从我以为懂得摄影，儿时面对照片的纯真经验，再难找回了。

为什么动人的照片大抵是老照片，而且黑白？为什么黑白影像才勾起记忆，如同历史？凡过去久远的人与图景，便是历史么？为什么科技偏偏等到黑白照片摄取的人事成为历史，于是发明了彩色照片——当然，这是毫不讲理的设问，科技变化本身就是历史——为什么在看了无数照片后，我仍怀想早先独对黑白照片的凝视？

这像是哲学问题，但是谢天谢地，此刻我从自家照片的记忆中抽身，发现这种经验从未遗失。很简单：当你观看他人的照片。

也是很久前的记忆了，现在才想起、才明白：三十年前，当我在纽约骤然看到大量经典黑白照片——战争、都市、灾祸、色情、罪案、监狱、家庭、罗马巴黎旧城区，尤其是各国人物的照片——我立即像儿时记忆中那般，呆呆凝视我正端详的那张脸，忘了那是照片。当我渐渐有了摄影意识（有时，意识妨碍观看）——如本雅明、巴特、桑塔格所灌输的摄影意识——那种相信，因相信而默然凝视的经验，仍然在，并在凝视的一刻，浑然不知其在。

但这经验的前提，须得是别人的照片，还有：消失的景观。

两三年前，我买到十余册中国风景影集的欧洲古董原版，家庭影集尺寸，衬着灰色的上好的厚纸，摄影者都是热爱中国的欧洲人。核查拍摄年份，时当二三十年代，北方割据，军阀混战，或者，井冈山与瑞金布满红色武装，而我的父母，已经降生。可是在这些照片里，千年神州，亘古如斯，美丽而宁静：田舍，渔舟，油菜花，江南古桥，临水人家，午后的街巷，运河对岸的塔群，天际白云，水光潋滟……这是我的祖国吗？我从未有过这般伤心而神往地观看，恨不得把脑袋钻进图片。

九十年代每年回大陆走动，在书店发现了山东画报出版社的《老照片》。此后，我收齐了《老照片》单行本与厚厚的合集。如今他们每期给我寄来，再忙，也必逐页细看，阅读文章。如今很难有哪篇文章打动我，可我常被《老照片》里不少书写所触动，读过后，唯再三端详照片。

《老照片》的涵容，远远超过一本影集或图文书（所有杂志充斥图文）。列举记忆深刻的老照片，是件困难的事。那几位刚被日军捕获的女军人，后来活下来么（她们顶多二十出头，是国民党军队还是八路）？那位《红岩》小说中的双枪老太婆，原来是蜀中美人（刚毅的苦相，年轻时杀过人，五十年代也遭整肃，此后画起画来）。民国夫妻的西式婚礼照，尤为可看（纱裙、西装、花篮、小傧相，眼看这些童男玉女在五十年代换穿人民装，六十年代与子女捧着红宝书，八九十年代，分明老了，老到如彩色照片一样丑陋，幸亏低成本的《老照片》使彩照变成黑白），还有南北各省质朴而愚昧的平头百姓（后来的集体呆相，似比民国时期拍照时的呆，更其深沉冥顽而不自知）……

相比欧美日本无数精装摄影专集，廉价的《老照片》既不是影集，也不像摄影杂志，更非文字书。我曾对主编冯克力先生说，可惜了，这般珍贵的影像，如在国外，是要认真分类而排版，做成一流影集。这些年，相对讲究的国内摄影集，越来越多：民国史照片有秦风的老照片馆系列；辛亥百年，则刘香成推出的《壹玖壹壹》和《上海》，无疑是国际水准了。冷战过后，欧美即曾出版苏俄与中国的大型历史摄影集，但休想进入内地。如今能在北京觅得刘香成中英文版本的大影集，多少使我发生一种错觉：中国勉强是个世界性国家了。虽然，这类高档影集在京沪书店并不上架，百姓便是见了，买不起，也并不在意的。

老百姓爱看什么照片？在乡下，家家户户至少有一枚镜框挤满数十张照片，上及祖宗，下有儿孙；城镇的市民，则哪家没有几本塞满亲友照片的影集？——如今，单是女孩一次性的装扮照，“影楼”就给做成花枝招展的集册——除了自己、自家和亲友的照片，“老百姓”未必爱看他人的照片，更别说历史影像：其实，在我们叫作严肃摄影的那类照片里，都是你不认识的人。

摄影家、当代艺术家及评家——或许包括部分高级白领——另当别论。而院墙内的知识分子，以我的印象，保守地说，十之六七并不敏感于摄影。要之，在中国，影像文化尚未养成普遍的知识立场，稳定的政治态度，并借以维系一种不假借文字的历史眼光、历史感——虽然今日中国到处充斥影像与照片。

事情是这样吗？但愿我是错的。通常，我也不爱看别人的照片——照片，摄影，是两件事——可是，奇异的，《老照片》一举勾销了摄影与照片的异同，同时，公众与私人、历史与家庭、阅读与观看的关系，均告合一。《老照片》的来源，大部分就是家家户户私人照相簿，是数以万计没有理由进入“摄影”集册的寻常“照片”。虽然，后现代若干摄影风格仿效“家庭影集”的私人感，但《老照片》的缘起和意图，再朴素不过，即如中央台九十年代一档专题节目《生活空间》，“讲述老百姓自己的故事”。它从一开始就变成百姓私人照片的集散地，街坊邻居、不同代际，得以彼此传看。每次翻开《老照片》，那陌生的，同时，又熟悉又亲切的感觉，像是捡来一册无主的照相簿，倘若愿意阅读文字，我们便走进一户户家庭，在至少三代成员中，认出我们自己及父祖的生涯——上百年来，中国的哪个家族和家庭能逃过革命与巨变么？在《老照片》的黑白谱系中，多是已逝的人，还有，一去不返的景观。

总之，《老照片》从不标榜摄影刊物，它与我们称为“摄影”的那么一种文化，毫无关涉，它甚至未曾意识到它做了精英摄影无法做到的事，因为它来自、并回到寻常的家庭，寻常的人。

现在我愿收回对冯先生说过的话，很简单：请《老照片》一仍其旧。二十年来，它已成为全体国民的私人照相簿，人人会在其中找到既属于亲属，又属于国家的记忆。这是一份持续遗失而遭贬值的记忆，《老照片》使之不断扩展、传递，默默增值，有如人找回家族的遗物。它因此超越了摄影，如它征集的文字，超越文章，是人在目睹照片之际的喃喃自语，是当一切皆尽销陨，濒于失忆，于是有迟到的告白。但《老照片》的基调很少流于伤感，甚而是温馨的，没有一位叙述者自觉是在谈论摄影，而是与读者相对，说起往事和故人。有谁在讲述家人家事时，还须刻意伪饰么？此所以《老照片》罕见伪饰的文字，在我看来，它可能是眼下无数文字读物中，格外诚实而可读的一份，虽然它题名为“老照片”。

我也愈发肯定《老照片》的廉价感——当我说“廉价”，

绝不意指《老照片》粗陋，它如贫家的摆设，显得洁净而有自尊——因这廉价感与中国近代史，何其对应：记忆的贬值，一定对应被贬值的历史，争战、革命、转型、喧嚣，去旧而新的新中国历程，其实不过草草，忽而旧了，以其斑驳的影像，汇入这本薄薄的册子，影影绰绰，算是历史的草草交代。说是交代，也勉强，若非仅存的照片，近代史的多少人与事，等于没有存在，没有发生：枉死的人物，铲除的景观，各省各地，千家万户……

瞧着一辑辑《老照片》，我不起幸存之感，它提醒我，尚有更多更多的照片，湮灭了。如从历史灰烬中捡剩的残余，《老照片》不可能像欧美的影集那样，堂皇齐整：它应该是这样的。

我无能，也不必评说《老照片》里的影像。影像就是叙述，何况伴有家属的旁白。眼下，冯克力先生出面叙述《老照片》自己的故事，我读了，篇篇都好——原来，为获得并获准刊印这些照片，照片中的故事背后，还有故事——据说，持续多年，《老照片》的销售排名领先各种书刊，是名副其实的长销书。是的，我们褴褛的记忆，延绵牵连，不肯中辍：它就是这样的。

谢谢老照片的无数提供者。谢谢冯克力先生！

二〇一三年二月二十七日写在北京

万恶的旧社会，这些男女老少竟然穿着这样的衣服去拍照。过了一九四九年，他们就是“五类分子”啊。

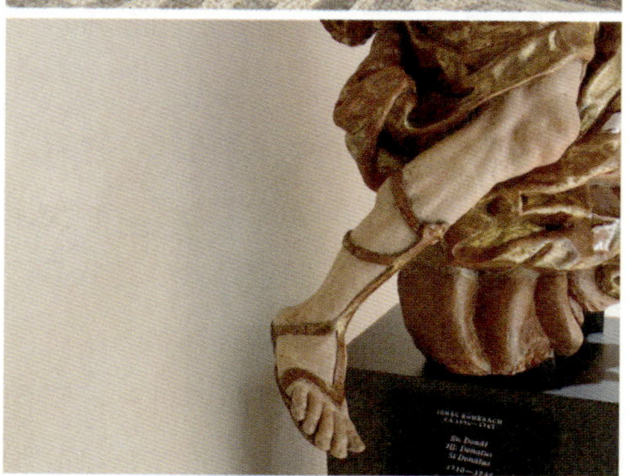

自从用了 iPhone 手机，总有十年了吧，我再也不带照相机了。上图：布拉格街头的卡夫卡铜像。下图：布拉格国家博物馆十八世纪木雕的局部。

本能地观看，“自然地开始”

Lens：没有绘画功底就很难拍出好照片，您同意这种说法吗？

陈丹青：什么叫作“绘画功底”？是指全国美术考前班那种磨铅笔的素描系统吗？我平时瞧见美院的孩子，躲都来不及。好几位时尚圈极好的摄影人一脸惭愧地对我说：“陈老师，以前我是学画的，画不好，改行摄影了。”我总是由衷祝贺他们的叛变。

曼·雷是个好画家，布勒松的画品位刁钻、眼界极高，几乎超越业余水准（幸亏他画才有限，不然摄影史多寂寞）。还有两三位摄影家也画过画，我忘了名字了，此外，至少十打以上的摄影大师从不画画。

我在乎“看画”甚于“画画”。会看画的人，敏感于所有图像（照片是“图像”之一种）。在欧美，会看画（但从不画画）的知识分子远远多于中国。稍有点儿文化的欧美人从小就会逛美术馆，读一流的美术读物，知道观看意味着什么。中国只教画画，不教看画，很多很好的画家，包括美术史论家，一辈子不太会看画。中国的作家、音乐家、设计家、摄影家、导演、诗人、哲学家，还有所谓人文学家，当他们谈及绘画——真抱歉，恕我说句武断的话——会看画的人太少太少了。

但这些“家”们，可能都自以为很会看画。张爱玲，不世出的文学天才，画一手好绣像，可她长篇大论谈塞尚，错得离谱。去年读了福柯同志谈论委拉斯开兹和马奈的长篇论文，起先还挺佩服，后来简直无法容忍。无知于绘画，不要紧，以哲学概念而细细建构绘画的无知——近乎盲——真让人开眼界。他不是将哲学引向观看，而是将绘画纳入一己的理论，太刚愎了。

我也尚未学会看画。看画，使我不断警觉：如何看，至关重要，那是认知的深渊，没有尽头。

Lens：没有理论修养就很难拍出好照片，您又是否同意这种说法呢？

陈丹青：什么叫作“理论修养”？您是指全国各大学正

在教的美学理论吗？大导演布努埃尔遇到过一位青年学院博士，后者问了他一句冗长拗口的理论术语，老头子日后写道：“我真想当场绞死他！”

如果遇到眼下中国史论界密密麻麻的博士生，我猜，布努埃尔恐怕愿意自杀。

但我同意：摄影大师的每篇访谈给我太多理论启示。当然，不是您所说的那种“理论”。很少见到像摄影家（当然是欧美或日本摄影家）那么会说话、会表达的人。

西方的厉害，是摄影评论。您想想，瓦尔特·本雅明、罗兰·巴特、苏珊·桑塔格、约翰·伯格……无法想象我们这里会有这等人物谈论摄影，而且，请注意：他们个个是文体家。

Lens：我采访过一些摄影师，经常听到一种批评的声音，说内地的摄影师想得太少，不太动脑子。但是旁听国内摄影师跟国外一些偶像级摄影师对话时，反倒是国内摄影师比较理论化，对方的反应往往是“没有想那么多”，您对这种现象有什么看法？

陈丹青：想、理论、动脑子，是三回事。三回事都用功，都有天分，还是不等于摄影，更不等于好摄影——人还长着眼睛。眼睛，和“想”“理论”“动脑子”，有什么关系呢？柯特兹的目光，桑德的凝视，方大曾的热眼，荒木经惟的一瞥……出于什么理论？动了什么脑筋？

你如果在拍照，同时憋着一肚子“理论”，拼命“想”，根本没用啊。

Lens：有一次参加中央美院的活动，嘉宾是德国女摄影师康迪达·赫弗。摄影系老师替学生问了一个他们现在最关心的问题：“怎样开始？”康迪达说，很自然就开始了，因为创作影像是她的兴趣。为什么我们没法儿很自然地开始呢？为什么学生们拥有良好的基本功和理论修为，却为拍什么感到为难呢？

陈丹青：据我所见，眼下学生们的“基本功”和“理论修为”——亏您赏他们这么高雅的词语——归结为一种无可挽回的灾难，就是，不自然，反自然，不知什么是自然。

“很自然就开始了。”赫弗这句话已经有点儿不自然，可是修为良好的中国学生未必听得懂：这句话太不理论了。

Lens：摄影史上有很多伟大的业余摄影师，为何在中国并没有看到这样的人？

陈丹青：您活在中国，却对中国太不了解。在这里，艺术家最怕的就是“业余”，大家都想在学院混张文凭，或蹭进什么协会。瞧瞧中国各种艺术家的名片，全是头衔，谁愿说自己是业余艺术家？

但中国真的有无数业余摄影家。春天一到，牡丹、芍药或别的什么植物开花时，大群业余摄影家扛着贵重的大相机，穿着布满口袋的厚马甲，集体出动，钻进公园，对准花蕊与露珠没完没了地拍。我开过一次摄影会议，不得了，满屋子生气勃勃的业余摄影家，放映无数照片：雪景、山景、夕阳景、朝霞景……

前几年，芝加哥某处公寓的阁楼废弃物中，发现了一个已故女士的数千卷胶片，胶片的主人薇薇安·迈尔，不折不扣的业余摄影家，一辈子的正职是中产家庭幼儿保姆。大部分胶卷从未洗印——舒伯特写了十部交响乐，临死前从未听过乐队演奏——现在她是无可争议的摄影大师。感谢顾铮，他赏我迈尔的影集，我看了，哑口无言。我想，摄影史大佬都会向她致敬。

她有什么理论修为？据说她是个业余的左翼分子，一个活在战后美国的左翼个体户，休假日就去街头游荡、拍照，无聊时，就对着橱窗玻璃拍她自己。

Lens：极致是需要创作者有所坚持的。但为什么要坚持，把自己逼得特别惨？坚持下去的理由是什么？

陈丹青：我相信，中国仍有不少死命坚持的艺术家（包括摄影人），太多混账的游戏规则，太多荒谬的说法，使太多有心有才的青年放弃了、迷失了、废了，那些坚持下来的家伙想必很有意志，很有才能——有才而缺意志，难以坚持；有意志而缺才华，坚持也无功。

另一方面，是的，好的艺术家常在“自逼”甚惨的境况中。你去读卡帕的日记，去看许多摄影人的自述，他们永在绝望与绝境中受折磨，同时被鼓舞，被激发。这原是艺术家自找的命，不必惊诧。不要问一个艺术家“坚持下去的理由是什么”。卡帕死于他的选择——其实是他的性格——他说，许多战地摄影不好，是因为“离火线不够近”。这样的亡命徒，难道您要追问“为什么非要那么近”？

真的艺术家无法回答，也不必回答这类问题。

Lens：谈到记录，《舌尖上的中国》可能是近年来中国最有代表性的纪录片。一个美国导演说：“中国这么大的国家，有这么多问题，为什么拿出一部谈论食物的影片来作为代表？”您会怎样回答这个问题呢？

陈丹青：舌与嘴的功能，一是吃饭，一是说话。美国人太自由，太在乎说话的功能了。中国人可不。中国这么大，这么多问题——先吃饭吧。

Lens：前几年，刘小东创作了一个关于他的故乡金城的系列油画，侯孝贤监制的纪录片《金城小子》也有相当的水准，但这方面的纪实摄影几乎是空白。没有这些作品在前，大多数人想到这个主题，第一反应会是：“这有什么好说的？”很多问题并不是没有被揭示出来，而是熟视无睹，比如环境问题、城市化问题、身份焦虑问题，所有人都身处其中，但又是处在一种既混沌又麻木的状态，导致作品很难产生陌生感和震惊感，这种状态该怎么打破？

陈丹青：就是前面那两个问题：一、不知本能地观看，不知“自然地开始”；二、看见了，感到了，不敢说，说了，也说不痛快，说不透，以至于不会说——中国遍地都是故事，都是绝佳素材，艺术家在干吗？

是的，“所有人都身处其中”。所以非得“混沌”而“麻木”才能嘻嘻哈哈混下去，干吗要“打破”啊。

Lens：不仅仅是影像，在文字记录方面，近几年来，写中国的文字中，何伟是反响最好的之一，一位美国记者。这是一种外来的目光，问题是，国内的记录者怎样找到自己的叙述方式呢？换句话说，您认为是否存在一种内在的目光和讲述方式呢？

陈丹青：好的中国影像，不幸——或有幸——多是外国人拍摄的。外国的好影像——我们主要在说欧美吧——也是外国人拍摄的。其中或许有若干中国摄影者作品，但也是生长在国外，或长期待在国外的摄影人。（文字也一样。描述延安的最好的文字，就我所见，还是美国小子埃德加·斯诺的那本书。）

一九三七年卡帕在武汉拍的照片，一九四九年布勒松在上海和北京拍的照片，我不会在意那是欧洲人拍的。没有他们的锐眼与天真，我们几乎不认得自己。虽然我从未在民国生活过，但在这两位的照片中，我随处遇见我的父兄。

重要的不是中国或外国，而是我们不认得自己。您瞧，布勒松和卡帕拍法国、德国、俄罗斯、美国和日本，也跟拍中国一样，凶狠而锐利，那是人的“内在的目光与讲述方式”。他们不会想到这里是中国或别的什么国。布勒松说过一句令我惊讶的话，大意是：“我每次去一个国家拍摄，都将那里视为我愿度过一辈子的地方。”

他们在乎“人”，不是“国家”。中国人呢，包括我，一到国外，满脑子就是“祖国啊，祖国啊”。

但我绝不想说，中国摄影家从未拍出好的中国影像。吕楠拍得很好很好，看他的影像，我肃然起敬。前年我给任曙林写了一篇文字，二十世纪八十年代，他拍一所学校的中学生，拍了七八年，非常质朴、饱满、耐看，好到你可能会错过他。

Lens：政治限制对影像表达来说是一个决定性障碍吗？

陈丹青：致命的不是政治限制。马格南成员，还有欧洲许多摄影家，一辈子受到他们那里的种种政治限制——包括麻烦透顶的商业限制。商业在欧美，等同政治。柯特兹给纽约时尚界当了半辈子商品广告摄影师，晚年说起来就生气——但是，这类限制是激励他们拍出好作品的动力之一。

中国式的政治文化不完全是限制。三十年来，政治限制比“文革”及其前期，无论如何减弱多了，无数空隙等着艺术家，但我没看见艺术家更自由、更自主　大家只是更放肆、更投机。所以，部分“决定性障碍”来自我们自己，我们却不自知。

Lens：在网络时代语言和影像都泛滥成灾的情况下，最引人注目的表达可能是某种方面迎合大众口味和潜意识的。创作者该如何有效地发出自己的声音？

陈丹青：世界各国艺术家都面对网络时代。我不知道如何有效发出“自己的声音”。我想，你的声音足够好，足够独一，仍会被听见的。

前网络时代并不比今天更冷清。那些日后成为经典的摄影作品诞生时，你要知道，同时，还有成千上万的人在拍照。二十世纪“一战”“二战”前后的摄影经典，是从多少万张照片中脱颖而出的。

惦记“社会影响力”是无法拍照的。伟大的摄影诞生于几百分之一秒，那一瞬，没人想到影响社会。摄影家是疯狂的人，我相信他们在猎取的瞬间不知道自己在干什么。此即“忘我”之境吧。我是画画的，和摄影家一样，是干活儿的人，当我画出最好的部分（当然，只是我的“最好”，不足道），脑子完全空白。

再者，绝大部分艺术“迎合大众”，这不是坏事。我喜欢好的大众艺术、流行艺术，不少天才摄影家终生是新闻记者，没有比新闻更大众的。伟大的作品是人类的意外。我想说，要是若干作品果真影响了社会，也是一场意外。真正影响并主宰社会的，从来不是艺术，而是权力、武力，还有钱。

Lens：摄影天生有一种时间的属性，许多伟大的摄影师最后都走向关于“死亡”的主题，这种感受在观看老照片时尤为突出。您怎么看待摄影与死亡之间的关系？

陈丹青：摄影也会死的。早期摄影早就死了，胶卷时代死了二十年了。有一天，地球也会死呢。

Lens：您平时拍照吗？南·戈尔丁采访过莎莉·曼，她问：“你习惯于把地平线放在哪儿？”莎莉回答说：“放中间。”您会把地平线放在哪儿呢？

陈丹青：我刚学会用 iPhone（苹果手机）拍照，妙极了。我不断调整地平线——在野地撒尿时，我会拍摄眼前的草丛——就我所见，南·戈尔丁不在乎地平线问题。我喜欢她，瞧她那幅被男友打得鼻青脸肿的自拍像！她和我同岁，出道时刚好三十岁，那时我在纽约买了她的影集。二〇〇〇年回国定居进关取行李，戈尔丁的集子被海关官员查阅，翻看很久，客气地没收了。

Lens：还有一个问题是关于未来的，您对未来是乐观还是悲观？您是否相信宿命呢？

陈丹青：我们存活的现在，就是无数古人的未来。单说杀人这件事吧，关云长挥刀出阵时，绝想不到未来有人发明枪和子弹；发明枪弹的家伙，万万想不到未来会有核武器；核武器第一代专家，又岂能想到今天的电子系统？

两种人酷爱叨念“未来”，一是早先的空想社会主义者，一是年轻人。您一定是八〇后。木心说：“年轻，就是时间银行里还有许多存款的意思。”您大概操心这一大笔存款怎么用吧。

去年本人六十岁了，有位可爱的学生算出这个老家伙已度过两万一千多个日子。多壮观啊！我没学过哲学，以上数字，以及我将可能继续拥有的天数，意味着“乐观”“悲观”，还是“宿命”？

访谈为二〇一四年所作，采访人：戴路

我的调色板比我的画好看。

拍完了，就刮掉抹掉了。

左画是台北故宫版文徵明，右边是委拉斯开兹唯一一幅女体作品。不知怎的，为英国人所属，挂在伦敦的国家画廊。1994 年陪木心先生游历英伦，看见了，我不知道世上还有哪件描绘女体的绘画这般酷似一个女人，不像是画出来的，就像她“在那里”。大约在 1917 年，西洋已出现女权意识，说是所有女体都是画给男人看的。有道理吗？有点儿道理的。于是一位女子取出刀片断然割向维纳斯的颈背。维纳斯全不知情，仍然斜躺着，不回头，听由馆内的员工修补颈背。1994 年，我的眼睛尚未老花，凑近仔细搜着美人的伤疤，怎么也看不出来。

渐江与柯罗，右边的画是为了汶川地震募捐所作。

我临摹的两件马蒂斯女像相邻挂在墙上。

画室和书房几隅。构图骗人，也可骗自己。古董摆件很容易营造优雅的错觉。我则需要置身欧洲的错觉。这几件 16 到 18 世纪的无名木雕，并不贵重。两张法国乡村椅子才 300 多元人民币，运到后，塞尚与凡·高于是和我同在：前者在普罗旺斯的画室中至少搁着 20 把木椅，后者有两幅美丽的木椅写生，色彩斑斓，笔势酣畅，有如木椅的肖像。

15 世纪的奥地利木雕《圣芭芭拉》
站在 18 世纪的法国乡村木椅上。

回国定居后，每年两次，我回纽约侍奉老母，买菜做饭。母亲走后，弟弟有了孩子，另是一番亲情与忙碌。临离纽约，我会排一两天去曼哈顿走访大都会艺术博物馆、现代美术馆、古根汉姆美术馆……纽约的画廊区，近 10 年没去过了。

美术馆，是真的大学。但我已不太记得巡看美术馆的大兴奋：那真是对自己的背叛。整个八九十年代，我大约去过逾百次，近年意思却像是旧地重游了：拾阶而上，进得前厅，熟门熟路找到厕所，方便了，然后慢慢地踱着。除了特展，全部收藏早经看了 30 年，我不断发现有些作品（特别是 15 世纪之前的画）比我记忆中更好，更惊人，有些，则渐渐显得平凡。

但不像过去那样盘桓终日，两三小时后，我就出馆，风中抽根烟，坐车回家了。如今我明白那些年与木心逛美术馆，何以他不近不远地看看，沉静地笑笑，就去门口等我。那些年，老先生正是我现在的岁数。

欧洲的美术馆也不再令我神魂颠倒。开心是开心的，欧洲总能让我开心，好比回乡，但要找回青年中年的热情，那种发神经似的热情，很难了。现在是另一种好，就是，沉静了——所谓最后阶段的“看山是山”便是这意思么——暗暗的惊心动魄也还常有，某一瞬，目光停在画布上：瞧啊！这个局部居然那么动人！天赐的几秒钟、几分钟，我倏然失神——近年能记得的，有过 3 次：在威尼斯艺术学院美术馆的卡帕奇奥专馆，在同一美术馆的贝里尼的无名大画前，在柏林美术馆一件卢卡斯·格拉纳赫不太重要的画幅前（圣芭芭拉将被斩首，跪着，合掌祈祷，微微笑，后面那位持斧男子也昂着头，微微笑着），没有预期，毫无准备，忽而，我失神了。

那一瞬如性高潮，无法描述，但我不记得那幅画了。画很难详确记忆，除非再去，目不转睛，盯着看。看画，是指你站在画前的时刻，每次离开一幅令我失神的画，总像是诀别。这就是人们总要在美术馆拼命拍照的缘故吗？

我拍过无数经典，冲印后，很少，甚至从不再看。那是虚拟的占有，一堆舍不得扔掉的废纸。

过去数十年我曾有过的几枚相机，永远停在自动挡，我老是学不会调弄光圈与速度。美术馆厅堂，薄明、昏暗，即便敞亮的馆内也难拍出准确的色调，冲印店家则把色彩弄到最艳，通篇发蓝、发红，还有可恨的焦黄。而胶卷顶多 36 格，当你正在连续拍摄的亢奋中，胶卷用完了——逛一次美术馆而不能拍回满满几卷照片，总不甘心。荒谬的欲望。人只有一对眼睛，一颗心，你去看画还是拍照？达·芬奇或卡拉瓦乔难道举个照相机看画吗？

在他们的时代，还没有美术馆。我的纯真之眼，我的前摄影时代，被照相机无可挽回地夺走了。当我认定拍摄经典是件愚蠢的勾当——那些经年累积的美术馆照片便是不知节制的愚蠢的证据——iPhone 出现了。手机怎可能拍出像样的照片？起初，我如所有昧于科技和时代的上辈那样，闪过轻蔑的一念（天晓得什么原因，我不喜欢乔布斯的脸）。可是头一次举着手机摁下去，我当即发现 iPhone 屏幕上的一切，包括经典油画，居然如我的眼睛所能看见的那样——传统摄影机，包括莱卡的数码摄影机所能摄取的照片，包括顶级摄影师的顶级美术馆照片效果，从未如我眼睛所见！

不消说，手机照片移入电脑屏幕后，魅力顿失。但那掌心的方寸屏幕已足勾人。如今我去美术馆都用 iPhone（谢谢乔布斯）。我要在卡拉瓦乔和达 · 芬奇面前忽然亮出手机，直杵到他俩的眼睛跟前，说：“您瞧瞧，您瞧瞧——这就是你呀！”

手机对准局部

好画藏着许多好局部

包括各时代的好镜框

木心散步经过的杰克逊高地，春天来了。

〈前跨页图片〉杰克逊高地 86 街街头盛开的玉兰。

1990 年，母亲移民纽约，我从早先购置的一居室公寓迁出，租了杰克逊高地 71 街的一处三居室公寓。《文学回忆录》中的“唐诗”一课，便是在那里上的。1993 年，全家迁入两条街外的 73 街另一处三居室；1994 年元月，我们在那儿听了木心先生的《最后一课》。

杰克逊高地位于纽约皇后区中段偏北，7/10 的建筑仿照 19 世纪意大利、法国、西班牙、英国的公寓楼及单栋洋房风格，起建于 20 世纪二三十年代，据说是纽约头一批典范“小区”之一。90 年代，她被市政府列为“古董街区”，增设了特殊的街头招牌，加派两位骑警，定时巡逻。听得马蹄声，我就跑去窗沿往下看。

1990 年夏秋，木心迁入杰克逊高地 82 街 25 大道一处小小的公寓，住了 6 年。1994 年，我在 80 街 35 大道购置了自己的三居室，出门步行去木心寓所，大约 10 分钟。我们时常约在两处公寓间的北方大道见面，街边有长椅，木心就把他新近的诗作给我看。长椅边有家杂货铺，备有复印机，复印一页 5 分钱，我曾为木心复印了《诗经演》和其他一些文章，他回家装订成册，设计了封面，包起来，弄成书的样子。

杰克逊高地有一种街树，不知其名，4 月里，满树白花，两周后花瓣落尽，全树转绿。那里的数百条街道老树成荫，花团锦簇，春夏之交最是怡人。1993 年，木心在上课来回的途中，酿成短诗《杰克逊高地》，首句是：“五月将尽……”

《文学回忆录》最后一课的上课地点（二楼左起第一个窗口）。

纽约杰克逊高地 82 街木心旧居门首。

北方大道。我与木心常在右侧街边座椅上说话，看他新写的《诗经演》。现在，那个座椅已拆除了。

木心故居纪念馆生平馆北墙，木心的剪影刚刚挂起来，调试位置。

木心故居纪念馆文学馆北墙，玻璃柜内全是民国版旧书。

木心故居纪念馆文学馆南墙。

“四季都好看的”，有一年深冬我和木心走在杰克逊高地火车道旁，到处是积雪与冰坨，夕阳射来，木心指着铁轨边的灌木丛，这么说。1983年5月间，我们头一次倾谈，凌晨两点多送他出公寓，门开处，有风拂来，他止步说：“像吧，像杭州的风。”

他不说思乡的话。提及上海，直接是“巨鹿路”“梵横渡路”“苏州河”。说起邻里一位泼辣而有姿色的女子，我问，她怎么好看法，他起身头一昂，学给我看：“伊站在上街沿，就是这种意思——哪能！”沪语“哪能”，即“你要怎样？！”有点儿是对生人的坦然挑衅，也是与熟人照面，开口调戏的意思。

去年弄故居纪念馆，白日常有几回穿过晚晴小筑的花园，到里屋解手，再回出来，瞧见满院子无名花草，怒长的竹笋，便举起手机拍下来。中国的花草总适宜中国画。德国15世纪的丢勒画过不少细草嫩花，敷些水彩，标致清新，因不设背景，几乎不画阴影，略近于中国花鸟画。但与宋末钱选的折枝花相比，竟像是草木标本了。钱选（10世纪前后）画意的那份雅，西人不可及，而西语并没有一词能与“雅”字适恰而对应。镜头，是西人发明的，也就带着西人的“看法”，西人眼中的江南花草是怎样的呢？这几幅拍成后，心里有点儿喜欢，偷闲取出手机看，想起钱选，虽则钱选从未画过这样的野草和野花。

这对上了年纪的绅士淑女，居然给我拍到了。“文革”前的上海深巷，我指的是法租界西式好弄堂，五六十年代常能见到这等衣着讲究、望之斯文的老人，固然，不是图中似的衣着。“文革”事起，一夜间，他（她）们就被拖出来批斗踢打，之后，或自杀，或是换上洗旧的人民装，俯首做鬼，在街市上扫马路。

如今富有的老人会坐地铁吗？他们的儿女或为官，或经商，以钱尽孝，为老人备着私家车。我亲见他们从好车里给扶出来了，众人簇拥着，进了酒楼：老妇一头花菜般的烫发，老夫呢，一看便是早先的穷汉——纽约、东京、伦敦、巴黎，我好几回见到上等人家的老夫与老妇混在平民中挤地铁。

我喜欢看到好相貌的穷人，我也喜欢看到会打扮的富人。前者是天意，他（她）不知；后者是人事，他（她）懂得很呢。

维也纳旧皇宫左近的老街巷里，有座老天井，天井里有家老字号镜框铺，我去了 3 次，每次都选几枚带回来，不贵，涂了真金的，数千人民币，木质的，也就几百元。这点钱，北上广再好的镜框店，也休想觅得。

带回来配什么画呢，想不出，也没时间弄，就这么搁着看，现在也还这么搁着。这几枚，是去年随油画院到维也纳临摹古画时顺便买的，其中有两枚小小的圆形镜框，纯金边，带去乌镇，配了木心的照片、木心的母亲的照片，放在故居纪念馆。

虽是满目灰霾，春天还是来了。我原谅所有树。树总是好的。一株丑树，春枝露芽的那几天，就好看。镜头，即四条边，然后对准了你要拍摄的随便什么，踌躇移动——你永远不知道，也不必想：眼前种种你为什么要拍——手机太轻太小了，初使用，四条边颤巍巍抖着，现在用惯了，还是颤，但也就摁了下去。

为了省儿子的钱，母亲于 2004 年居然申请了杰克逊高地北端的老人公寓——不是老人院——月租才 100 美元。母亲为此得意极了，那是政府专为各国移民老人建造的，干净、敞亮，管理一流，近公交车站。母亲住了三四年，又被我请回来，住在我原先的寓所。

老人公寓的西北端，步行 10 分钟便是圣麦可墓园。人不到时候，不会想起墓园。那些年陪母亲绕着老人公寓缓缓散步，再走下去，便可望见大路对过树丛后，密密麻麻的墓碑。母亲喜欢那一带僻静，她不知道会在那里长眠。

安葬是在下午。墓穴渐渐填平。下雨了。众人散去。黄昏雨歇，我和弟弟即步行再去墓园。墓园关闭了，弟兄俩隔着栅栏远远张望妈妈的新坟：从今起，妈妈就在那里过夜了。第二天，第三天，我们又走去，好像真的可以找到妈妈。

这幅照片中的石天使不是母亲的坟墓的所在。她的墓石近旁也竖着好几尊石天使：那是人家的坟墓，墓主大多 19 世纪出生。“二战”后，制作石天使的工匠业渐渐没落，近数十年的无数新坟，只有碑——1948 年，母亲曾在上海西式墓园拍了一幅黑白照片，倚着墓园的石天使，微微皱眉，抿着嘴，二十七八岁，一位民国的未婚青年。那时还没有我，那时，母亲岂会想到自己的墓园。

母亲中风倒地那天，弟弟与弟媳得到医生的电话：“受孕成功了。”昏迷 10 天，母亲走了：10 个月后，梦婴诞生。我的亲爱的侄女，这是父亲给她起的名字，意即母亲在昏迷中梦见的孩子。

梦婴不知道在她诞生当天，我从弟弟手里接过她，仔细看，也不知道她 7 个月大，我曾有 3 周天天去看她。去年 12 月，又去纽约，梦梦 1 周岁 7 个月，是个小人儿了，我蹑手蹑脚进入她的房间。她不知道这个人是谁，睇视我，走开，在循环的奔跑中回头朝我斜看，欢喜蹦跳。几小时后，忽然，她清楚地说出仅能发音的几个词之一：“Old man（老头）！”

我要弟弟千万别让她改口。此后她只要看懂我的表情——喂！我是谁？——就会脆声叫道：“Old man! Old man!”她与我混熟了，捶打我，攀爬我的膝盖，就像我和弟弟一两岁时争相攀爬母亲的膝盖一样。要回北京了，弟弟将梦婴扛在肩上，送我进关，孩子远远瞧着我，生气勃勃，不知道发生什么事。

之后弟弟几次给我短信，说，门铃响了，梦婴就甩开奶瓶嘴，蹿下小床，光着脚奔到门口，对着楼梯口嘹亮地叫道：

“欧曼（Old man）”

一路排版，多四个页码，我被鼓励再添几张手机照片：这是山西水泉梁墓墓室壁画局部，一个多月前，我和《局部》导演谢梦茜去那里拍了两集视频，目前不知哪个网站会要。

请诸位看：这几位少年是男孩还是女孩？头顶梳着北齐时代的“花鸟髻”辫式。考古学者说是女扮男装的孩子，我以为是男扮女装的宠侍，你说呢？

水泉梁墓的墓主据说是当年镇守边关的军头，军头出行的华盖下站着这几位梳辫的男孩，一千四百年前被画进坟墓里。全部中国美术史，这是我见过最动人的肖像，贵不可言。

我手机里装满无名工匠的画，他们是谁？这两个孩子是谁？今年，我被北齐壁画弄得落枕了，以致不明白为什么投入两三年热情，去意大利拍摄文艺复兴人的湿壁画。

图书在版编目(CIP)数据

影像杂谈 / 陈丹青著. —成都：四川人民出版社, 2020.9（2021.3 重印）

ISBN 978-7-220-11901-9

Ⅰ. ①影… Ⅱ. ①陈… Ⅲ. ①随笔－作品集－中国－当代 Ⅳ. ①I267.1

中国版本图书馆CIP数据核字(2020)第146074号

YINGXIANG ZATAN

影像杂谈

陈丹青 著

责任编辑：封 龙 唐 婧

特约编辑：马步匀

装帧设计：马志方

内文制作：陈基胜

出版发行 四川人民出版社（成都槐树街2号）

网　　址 http://www.scpph.com

E－mail scrmcbs@sina.com

印　　刷 山东韵杰文化科技有限公司

开　　本 1168mm×850mm 1/32

印　　张 5.5

字　　数 110千

版　　次 2020 年 9 月第 1 版

印　　次 2021 年 3 月第 2 次

书　　号 978-7-220-11901-9

定　　价 58. 00 元